COLLECTION FOLIO

Antoine Blondin

Quat' saisons

La Table Ronde

Antoine Blondin est né à Paris, au printemps 1922. Il a fait ses études au lycée Louis-le-Grand et obtint le deuxième accessit au concours général de philosophie. Il est licencié ès lettres. Sa mère est la poétesse Germaine Blondin.

Pendant la guerre, Antoine Blondin est envoyé au S.T.O. qui lui inspire L'Europe buissonnière. *Chaque année, il devient compagnon du Tour de France et suit la grande course cycliste pour un journal sportif. Il émaille cette épopée de ses calembours inimitables. Mais sa passion s'étend jusqu'au rugby.*

Il y a une légende Antoine Blondin : c'est le nonchalant que son éditeur doit enfermer pour lui faire terminer ses livres. Le noctambule qui découvre, chaque nuit, une métaphysique dans la machine à sous d'un bar-tabac de la rue du Bac. Les titres de ses romans sont autant d'aveux, ou d'autoportraits : L'Humeur vagabonde, Un singe en hiver, Monsieur Jadis. *La moindre page en est habitée d'un charme : c'est le don, la grâce d'écrire.*

A Madeleine et Jean-Marc Lepetit.

Tu n'as jamais connu Shang-Haï, ni Kleist, ni les grands obliques, ni Hegel, encore moins la Patagonie et pas du tout Nietzsche, ce grand type hâbleur dont on parle en buvant du cognac. Mon Dieu, qu'un petit Français est désarmé dans la vie !

Roger Nimier,
Le Hussard bleu.

L'Hiver

LES COMPAGNONS DE LA DERNIÈRE HEURE

A la Puerta del Sol, la Porte du Soleil, les Madrilènes naïfs et quelques provinciaux se récapitulent, la veille de Noël, pour entendre sonner minuit à l'horloge monumentale des bâtiments de la Sécurité Générale. Une légende promet qu'une année ou l'autre, la grosse boule en or qui lui sert de contrepoids tombera sur la place ; les plus agiles se la disputeront, le plus fort l'emportera. La fable ajoute que cet événement marquera le début d'une ère évangélique où les valets se substitueront aux maîtres et où les premiers seront les derniers, vieille balançoire attachée à un vieux balancier. La foule qui déambule en mangeant des crevettes grillées n'y croit plus beaucoup depuis le Moyen Age, mais enfin il y a là prétexte à un frisson d'espérance et le miracle équivoque d'une rupture de câble reste toujours à envisager. Au ras du trottoir, les yeux brillants des détenus portés aux soupiraux s'écarquillent, eux aussi, dans l'attente du soleil de minuit.

Ce soir-là, vers dix heures, une automobile américaine déposa devant le perron de la Sécurité un homme de haute allure enveloppé dans une cape d'apparat. Au mouvement qu'il fit d'un poignet scintillant pour éloigner les aveugles pressés de lui vendre un billet de loterie, on reconnut qu'il portait le boléro de satin et le plastron à jabot des seigneurs andalous. Il pouvait être âgé d'une cinquantaine d'années et son visage assez noblement fripé conservait les reflets d'une jeunesse douteuse, qui le désignaient autant pour le caprice que pour l'autorité. S'étant présenté à une sentinelle, il en reçut des honneurs chaleureux et s'engagea par une porte secondaire dans une cour intérieure où sommeillait une meute de fourgons cellulaires qu'il contourna sur ses talonnettes précises. Grand d'Espagne, le marquis d'Altamira jouissait du privilège d'entrer à cheval dans les églises et à pied dans les prisons.

Négligeant l'aile réservée à l'administration, il poursuivit jusqu'à une coursive sinistre, descendit quelques marches et aboutit devant une manière de corps de garde où des carabiniers trompaient le temps en roulant les dés dans leurs bicornes en cuir bouilli. Dans ce poste de police, des chaussures fortement cloutées fumaient avec impatience devant la cheminée dans l'attente d'on ne sait quel prodige. Au bruit de son nom, un murmure flatteur monta vers le marquis, justifié par sa fortune de retentissement mondial, l'influence qu'il exerçait sur les affaires espagnoles et une réputation de séducteur à faire pâlir le torero le plus livide. Nul n'ignorait qu'il était apparenté à l'archevêque de Tolède, ni que ses trois filles, ayant depuis belle lurette jeté leur bonnet par-dessus les frontières, se trouvaient périodiquement fiancées à des joueurs de tennis ou à des princes hindous. Le marquis dut couper court aux effusions de respect exaltées par des prestiges aussi disparates.

— Comment est le condamné ? demanda-t-il.

— Il est énorme, Votre Excellence... Énorme et affreux.

— C'est bon, dit simplement le marquis, allons-y.

Le ton dégageait une telle détermination que l'admiration redoubla dans la petite garnison. On n'entend d'aussi sobres propos que dans les arènes.

— Que Votre Excellence veuille prendre patience, dit le chef, le condamné fait sa toilette.

— Par la Vierge ! Vous ne prétendez pas qu'on va l'exécuter le jour de la Nativité !

— Nullement, Votre Excellence, après-demain seulement... mais l'homme, dès qu'il a été prévenu de votre visite, a exigé la douche et le barbier, du linge propre, paraît-il, et croyez-moi, ça n'était pas superflu.

— La chose est étrange, dit le marquis. D'autant plus qu'il a refusé systématiquement la moindre douceur parmi tous les cadeaux dont j'avais demandé au gouverneur de lui soumettre la liste. Dès lors, j'escomptais bien qu'il ne me retiendrait pas trop tard. La marquise reçoit quelques personnes de qualité dans notre maison et si j'avais pu les rejoindre avant la fin de la nuit, j'aurais doublement accompli ma soirée en remplissant mon devoir et en assurant mon plaisir.

— Votre Excellence se souvient-elle du Vampire de Burgos ?

— Le vampire ? Il m'avait demandé de lui apporter un kilo de caviar et en mangeait encore lorsqu'il marcha vers le supplice. Je l'accompagnai, selon son vœu, pour lui tendre la boîte que ses pauvres mains entravées ne pouvaient plus tenir.

— Se souvient-elle aussi du Boucher d'Avila ?

— Celui-là m'obligea à jouer aux tarots jusqu'à l'aube et, sous le prétexte aberrant que je trichais pour le laisser gagner, il faillit m'ouvrir la tête avec la bouteille de champagne qu'on m'avait autorisé à lui apporter.

— Rafaël Saenz est encore d'une autre trempe, murmura le gardien.

Le marquis d'Altamira s'affermit en ramenant dignement les plis de sa cape, qui portait au revers le sigle flamboyant de l'Ordre des « Compagnons de la Dernière Heure ». Le luxe, l'oisiveté, le péché qu'ils engendrent, étaient loin d'avoir aboli en lui le souci chrétien, surtout les jours de fêtes carillonnées.

Ces Grands d'Espagne passent agilement du boudoir au confessionnal, de la taverne à la Sainte-Table, de l'orgie à la pénitence. Peu après la guerre civile, certains avaient cru prendre une option sur leur salut en instituant une congrégation de nobles drilles, au repentir intermittent, dont la mission la plus louable consistait à passer la nuit qui précède les exécutions capitales dans la cellule des condamnés à mort et à les assister du mieux en satisfaisant sans restrictions leurs dernières volontés. La nouvelle génération des « Compagnons de la Dernière Heure », plus ardente à proportion qu'elle se sentait plus corrompue par l'accélération de l'Histoire, venait de décider qu'un membre désigné par roulement partagerait désormais avec les criminels d'une notable envergure les soirs de réveillons et de réjouissances nationales, dans un état de renoncement absolu. En emboîtant le pas au geôlier qui le conduisait au cachot, le marquis d'Altamira, privé de jerez et de tapas, éprouvait assez exactement le sentiment de gagner son ciel et celui de ses amis.

Cependant, Rafaël Saenz achevait ses ablutions avec les moyens du bord. Il provoquait une impression de force colossale, malgré son poil grisonnant et les fanons émouvants qui commençaient à lui pendre au menton. C'était la brute intégrale avec une petite lueur dans l'œil mais si fugitive qu'on ne la remarquait pas. Dans un pays où le fait divers n'est pas monnaie courante, il s'était signalé à l'attention en attaquant un fourgon postal, tuant quatre ou cinq gardes civils, et se trouvait, de ce fait, promis au garrot ordinaire, qui ne laisse aucune chance au patient. Au cours du procès, on avait suggéré à mots couverts qu'il avait des mœurs spéciales, mais la tournure élémentaire de son caractère donnait à en douter. Il restait certain que la captivité ne lui pesait guère et que cet homme qui marchait à la mort en roulant des épaules, comme on se fraye un chemin, était apparemment sans appétits ni soifs annexes. Quand la porte s'ouvrit, il était occupé à se peigner devant un éclat de miroir.

Le marquis s'avança dans la mince clarté d'une ampoule grillagée et esquissa un geste à l'adresse du gardien. Par tradition d'humanité, les « Compagnons de la Dernière Heure » exigeaient qu'on les laissât tête à tête avec les détenus.

— De toute façon, Votre Excellence, nous ne sommes pas loin, lança le gardien en verrouillant la porte, Elle peut toujours appeler. Et joyeux Noël !

Rafaël Saenz consentit alors à dévisager le

visiteur qui commençait déjà à l'entreprendre sur son âme.

— Mon ami, disait-il, je ne suis ici que pour vous accompagner sur le terrain où vous me conduirez, pour vous accorder sans restrictions ce que vous me demanderez. Je suis le serviteur du voyageur qui va rejoindre Dieu.

— Le marquis à mon service! j'aurai donc vécu assez vieux pour voir ça, ricana Rafaël Saenz. Allons, si je comprends bien, vous ne me reconnaissez pas... Eh bien, je suis Rafaël, votre ancien chauffeur... Et nous sommes enfermés tous les deux.

Un profond travail se fit dans la mémoire du marquis, cheminement évasif qui obliqua soudain vers la curiosité. Dans cet Hercule chenu, qui l'observait d'un œil étroit, il voyait resurgir la silhouette déliée d'une gouape habile de ses mains, sorte de prince des garages qu'un adolescent, qui n'était autre que lui-même, honorait de sa ferveur. A cette évocation, une onde de chaleur se propagea sur ses pommettes, il se rappela le crépuscule où cet inférieur qui le dominait délicieusement lui avait offert une rose piquée dans un pot d'échappement... Vers 1930, après une scène effroyable où il avait été question de carburateurs et de couteaux à cran d'arrêt, le duc d'Altamira, son père, un pionnier de l'automobile pourtant, avait dû se résoudre à se passer de ce mécanicien mirobolant qui prenait une place exagérée dans la maison et dans l'esprit de ses enfants. Depuis, on n'avait plus entendu parler de lui, mais il avait exercé longtemps une menace d'épouvantail sur les membres de la famille et on lui imputait obscurément toutes les avanies qui affectaient leurs domaines d'Andalousie et de Castille.

— Rafaël, articula le marquis, Rafaël toute la nuit !

— Vous étiez un beau petit jeune homme, autrefois, dit tranquillement la brute. Dieu sait que j'ai espéré souvent cette minute. Nous y voilà... Un peu tard, mais nous y sommes.

— Le duc est mort, prévint précipitamment le marquis pour signifier que toute vengeance devait s'éteindre de ce chef.

— Je sais, fit l'autre en avançant d'un pas, je ne vous ai guère perdus de vue, tous autant que vous êtes. Votre Excellence surtout... Elle est toujours belle.

— Qui ça ?

— Votre Excellence, parbleu !

— Vous êtes fou.

— C'est vous qui êtes folle, Excellence très chère... Mais voyez comme elle se trouble, comme elle tremble...

Du coup, le marquis se recula vers un angle de la cellule, la sueur au front. Il commençait à entrevoir que la condition de « Compagnon de la Dernière Heure » peut prendre une saveur saumâtre. Là-bas, derrière d'autres grilles, en fer forgé celles-là, ses invités enflammés par la sangria devaient amorcer des intrigues délicates dans un concours de compliments d'une préciosité exquise.

— Elle sait qu'elle ne peut rien me refuser, Son Excellence, jusqu'à mes moindres désirs... Et le désir que j'ai de sa bouche n'est pas des moindres.

En cet instant, la faciès de Rafaël atteignit au sommet du cynisme. Un formidable silence coula entre les murs. Insoutenable. Le marquis, partagé entre la servitude attachée à son serment et l'horreur de ce qui pouvait en découler, était en train de se demander s'il n'était pas en état de légitime défense, quand brusquement le colosse rompit. Sur son visage, le mauvais sourire fit place à un soupçon d'anxiété, faiblement rougissant.

— Mais vous pouvez encore vous en tirer, reprit-il à mots plus familiers, presque timides. C'est en quelque sorte un marché... Si je sais tout de vous, je suis sans nouvelles de la voiture depuis quarante ans. Qu'est-elle devenue ?

— La voiture ! Quelle voiture ? Nous en avons cinq, répondit le marquis en reprenant de la hauteur.

— Le coupé Panhard et Levassor que nous avions reconstitué pièce par pièce, Monsieur le Duc et moi... Moteur Daimler, quatre temps... Cycle Bau de Rochas...

— Ah ! le tacot, fit le marquis avec légèreté. Je suis en mesure de vous dire qu'il se porte bien.

Le condamné baissa son petit œil aigu, joignit les paumes pour la prière, les rouvrit pour témoigner de son ingénuité.

— Votre Excellence, dit-il dans un souffle, je voudrais le revoir une dernière fois avant de mourir.

— Vous perdez la tête, mon ami, ce véhicule est dans je ne sais quel arrière-patio ; il est monté sur bandages ; il est...

— Votre Excellence, je suis l'homme d'une seule passion. Si vous êtes l'homme d'une seule parole, amenez-moi ce chef-d'œuvre.

— Je ne peux quand même pas l'introduire dans votre prison, fût-ce un soir de Noël !... Demandez-moi n'importe quoi...

— N'importe quoi ? souligna Rafaël Saenz en réajustant son mauvais sourire.

— Enfin non, bien sûr, mais surtout pas une automobile.

— Il vous suffira de la conduire sur la place, dit la brute qui baignait à ce moment dans une lumière suave. Vous la ferez manœuvrer et moi je vous regarderai par là...

Il indiquait un soupirail, plutôt une sorte de profonde meurtrière en forme de cheminée oblique, dont la pente laissait apercevoir les feux de la Puerta del Sol.

— Vous serez aimable d'actionner la trompe,

ajouta-t-il, ainsi je serai prévenu de votre passage et je ferai davantage attention. Vous la reconnaîtrez facilement, elle a la forme d'une poire. Méfiez-vous de la boîte de vitesses, elle est à crémaillère.

Durant quelques minutes, le sens du ridicule livra un rude assaut à la conscience du marquis. Néanmoins, après un débat orageux, il se résigna, la mort dans l'âme, à se faire reconduire chez lui où il pénétra sur la pointe des pieds.

Le palais s'embrasait pour la fête et c'est en jouant à la marelle entre d'immenses rectangles de clarté que le marquis parvint aux écuries où était remisé le tacot. Celui-ci était vraiment une machine antédiluvienne avec des lanternes, un dais à pompons, un volant horizontal et plat. A sa grande surprise, elle partit au quart de tour de manivelle, réduisant à néant le dernier espoir qui lui demeurait de se retrouver délié de son serment. Le moteur s'en donnait à cœur joie, étouffant le son des guitares qu'on décortiquait du côté des salons. Pris d'une vague panique, le marquis décrocha une vieille peau de bique qui pendait à un clou depuis de longues années et fit l'abandon de sa cape d'apparat. De grosses lunettes et une casquette de chauffeur de maître devaient achever de dérober ses traits. « C'est l'ancienne livrée de Rafaël que je porte là », se dit-il en franchissant le porche de service dans un nuage de poussière, et pour la première fois un sourire détendit ses lèvres fatiguées. Somme toute, il s'en tirait à son honneur.

Jusqu'au Paseo de Castellana, le hasard voulut qu'il ne rencontrât personne. Mais, à partir de la Gran Via, un cortège d'étudiants à pourpoints de velours et rubans, grossi à chaque carrefour d'un affluent de curieux, commença à lui faire escorte dans le crépitement des mandolines. La foule toujours plus dense aux abords de la Puerta del Sol l'empêchait de distancer ses poursuivants auxquels se mêlaient maintenant des chiens qui aboyaient. On le traitait de paysan, de fauché, de rigolo, et il se prit à envisager l'aubaine d'une panne sèche qui le dispenserait de persévérer plus avant dans son calvaire. Il enregistra que son subconscient avait négligé de faire le plein, sans bien se rendre compte qu'il trichait avec la gageure, mais le plein de quoi ?...

Au demeurant, les choses tournaient rond et il se retrouva bientôt à tourner lui-même sur la place pour passer dans le champ visuel de Rafaël Saenz, poussant le scrupule, non dépourvu de courage, jusqu'à corner frénétiquement aux endroits convenus. Un tumulte de quolibets répondit à la trompe, mais il fut payé en retour par l'image d'une main lointaine, blanche colombe derrière les barreaux d'une cage, qui lui faisait signe de continuer. Il entama donc un second tour et le parapha d'une assez jolie marche arrière qui manqua lui valoir d'être lynché, puis un troisième où il faillit faucher une file d'aveugles et de stropiats. Une heure plus tard, il tournait toujours ; ce carburant old-fashion s'avérait inusable ; autour de lui, l'émeute grondait.

Ayant gémi et prié à l'abri de son masque, le marquis imagina enfin d'abréger son tourment, en arrachant casquette, lunettes et peau de bique :

— Arrière ! tonna-t-il, ne voyez-vous pas à qui vous avez affaire ?

Le résultat passa ses prévisions et il fut immédiatement reconnu, si bien que la foule se referma devant ses roues en hurlant : « Le marquis d'Altamira !... Le marquis s'est fait chauffeur !... Noël ! Si les marquis sont chauffeurs, c'est que les temps sont venus ! » Et comme minuit allait sonner, chacun se rua vers la façade de la Sécurité Générale.

A l'intérieur, ce fut un farouche soulèvement que les carabiniers parvinrent à endiguer à coups de crosses, après des bagarres qui se prolongèrent jusqu'à l'aube. Contre toute attente, Rafaël Saenz, prisonnier sans espoir, n'avait pas bronché.

Au petit matin, les gardiens le trouvèrent juché sur un escabeau, les doigts agrippés aux barreaux de sa lucarne, le cou dévissé, et ils crurent qu'il s'était pendu. On s'aperçut qu'il somnolait seulement, dans une extase délicieuse, et il fallut bien l'en féliciter. Puis, le métier reprenant ses droits, on lui demanda ce qu'il fabriquait en pareille posture.

— Regardez dans ma cheminée, dit-il avec une douceur qu'on ne lui avait jamais connue.

Sur la place déserte de la Puerta del Sol, exactement cerné dans l'objectif dessiné par l'échancrure du soupirail, isolé dans la splendeur d'un jeune soleil, le vieux tacot trônait à l'abandon, ruisselant de tous ses ors, qui étaient peut-être des cuivres. La panne sèche avait fini par le déposer là, à bout portant, trop loin quand même, comme ces jouets qu'on offre aux enfants atteints d'une maladie incurable en sachant très bien qu'ils ne pourront jamais s'en servir. Mais leurs yeux aiment à s'y poser et retrouvent cette eau calme où se reflète un cœur accordé à ses vœux.

PETITE MUSIQUE D'UNE NUIT

Cette année-là, M. Combret était particulièrement célibataire et vieux. Son existence se partageait entre un sursis d'activités bureaucratiques qu'une compagnie d'assurances superstitieuse lui consentait, plutôt par fétichisme, et son logement étroit du quartier Mouffetard où il s'inventait encore des travaux d'écriture à faire à la maison, qui abrégeaient la méditation cruelle de ses nuits. Ici ou là, il éprouvait le sentiment d'accomplir des heures supplémentaires sur ce qui lui restait de la planète.

Cette condition surnuméraire pesait sur la conscience de cet homme scrupuleux et le bord des résolutions extrêmes lui était familier. Il ne s'en détournait que pour répondre aux sollicitations providentielles de l'unique compagne qu'il eût jamais ramenée chez lui : une machine à écrire aux charmes surannés, avec laquelle il vivait pratiquement un concubinage de tous les instants.

Car enfin, à la même enseigne que les demoiselles en jupes rétrécies qui se juchent à midi sur les tabourets de bar, M. Combret, son cabas sous le bras, le mégot à l'oblique sur le chaume de sa moustache jaune, était tout bonnement dactylo jusqu'au bout des ongles et en tirait des jubilations secrètes.

Au rebours de ce que l'on croit souvent, la passion de son art ne découlait que de l'application méticuleuse qu'il y avait toujours apportée. On vantait encore dans certaines mémoires l'harmonie des marges et des espaces, les subtilités dans la majuscule, un sens fabuleux du tiret, chez celui que sa dextérité au clavier avait fait surnommer dès son plus jeune âge « le petit Mozart du tabulateur ». Ce surnom ne lui était pas resté. Il avait pourtant suffi à exacerber un amour-propre vétilleux qui s'entretenait, au crépuscule d'une carrière, par des exercices farouches.

Le bel amour de la méthode habitait donc M. Combret qui, par malheur, habitait lui-même un étrange îlot de maisons où de minces cloisons découpaient, sous l'appellation d'appartements, des alvéoles pittoresques, propices aux poètes s'ils n'ont pas de voisins. M. Combret, emmuré dans sa solitude, avait des voisins de l'espèce la plus redoutable, celle qui fait précisément que les murs ont des oreilles. Si le drame des êtres réside, paraît-il, dans une impossibilité à communiquer, M. Combret n'avait pas lieu de se plaindre : le moindre de ses gestes trouvait immédiatement un écho. Il était plus particulièrement exclu qu'il se mît à frapper sur sa machine à écrire sans que les « gens d'à côté » se prissent aussitôt à frapper contre la cloison mitoyenne, renchérissant et scandant les paragraphes à grands coups de balai et d'imprécations. M. Combret n'était pas sûr qu'il y eût de la tendresse ou simplement de la connivence dans cet échange et parfois souffrait en silence, sans très bien se rendre compte qu'il était le muet le plus bruyant de l'immeuble. Or, il est admis, dans cet univers plein de bruit et de fureur, que c'est le bruit des uns qui provoque la fureur des autres. Celle de ces fameux voisins était d'autant plus redoutable qu'ils guignaient depuis belle lurette le deux-pièces-cuisine de l'indéracinable vieux monsieur et tiraient argument de ses arpèges dactylographiques pour accorder leurs rancœurs avec leurs convoitises.

L'état de choses avait rapidement viré à l'état d'âme, l'état d'âme à l'état de siège. C'était la guerre mesquine dans la mobilisation permanente des plus méchants prétextes. Il ne se passait pas de saison sans que les voisins s'appliquent à fomenter d'extravagantes pétitions parmi les autres locataires dont ils excellaient à rameuter l'ignorance en l'instruisant, au fil des jours, dans le sens d'une complainte légendaire où M. Combret apparaissait comme une sorte d'Attila domestique et sa machine à écrire comme une machine infernale. C'est tout juste si on ne lui imputait pas les rumeurs abusives des poubelles, les carreaux cassés, les infiltrations d'humidité et les fuites de gaz. Ceux qui le croisaient dans l'escalier s'effaçaient contre le mur avec un effroi réprobateur pour le reléguer davantage encore dans un isolement infamant et les enfants, les chiens, les chats de la maison semblaient fuir devant son pas débonnaire.

Sous cet éclairage, M. Combret pouvait mesurer l'exiguïté de ses amitiés et s'en trouvait blessé avec délicatesse, un penchant naturel à la mélancolie l'incitant à se sentir triste en aimant sa tristesse. Il n'était même pas certain qu'il tînt rigueur à ses voisins de leurs persécutions, qui lui apparaissaient par moments comme les seuls messages qui lui fussent adressés avec quelque constance par ses contemporains. Dans son esprit, leur présence tonnante et vengeresse procédait du mythe familier. Les péripéties hasardeuses du rythme parisien, les caprices du labyrinthe où ils avaient élu leurs cellules respectives, faisaient d'ailleurs qu'il ne les connaissait vraiment que par ouï-dire, et l'expression ici peut prendre tout son sens.

Au début des hostilités, une enquête furtive et rougissante dans le dédale des corridors lui avait révélé qu'il s'agissait d'un couple dans l'âpreté de la maturité : lui, taillé en bûcheron de bas-relief, l'œil noyé par le vermouth-cassis, le front gonflé de sourds entêtements ; elle, exsudant par tous les pores les nostalgies d'une respectabilité aigrie, sous l'enveloppe d'une maritorne déniaisée par l'idiot du village ; ajoutons à cela de grands enfants peut-être, précocement mariés, ou des nièces aux allures de filles-mères, qui venaient boire du porto le dimanche en regardant la télévision. Une escarmouche subsidiaire avait appris, beaucoup plus tard, à M. Combret qu'ils s'appelaient Mallefroid.

Un soir, alors qu'il s'acharnait à fignoler les pièces d'un dossier hérissé de difficultés succulentes, un quarteron de sergents de ville avait fait irruption chez lui, la perplexité inscrite sur le visage. Le Commissariat venait d'être saisi d'une plainte pour tapage nocturne et d'une demande en réquisition émanant d'un sieur Mallefroid. Le panier à salade avait fait aussitôt diligence. Si boucanés qu'ils fussent, ces agents s'apercevaient bien que rien n'évoquait moins un énergumène que la silhouette d'hiver qui s'offrait à eux sous la clarté réglementaire d'une lampe de bureau dont l'abat-jour en tulipe lui dessinait une auréole paisible.

— Faut reconnaître qu'on est restés un moment tapis derrière la porte et qu'on n'a rien entendu de répréhensible, dit le brigadier. Ça faisait plutôt comme un bruit de commissariat. Qu'est-ce que vous trafiquiez donc ?

— Je tapais, répondit M. Combret avec candeur.

Le visage de l'autre se rembrunit.

— Ça pourrait tout changer, reprit-il, vous tapiez sur qui ou sur quoi ?

— Sur ma machine.

On débattit jusqu'à une heure avancée si le fait de taper aux environs de minuit pouvait être considéré au pied de la lettre comme du tapage nocturne, puis les choses en restèrent là, à la grosse colère des Mallefroid. Mais l'intervention des policiers n'avait pas été sans attirer l'attention de « ceux d'en dessous », de « ceux d'en dessus », de « ceux d'en face », et remonta fâcheusement impressionner les oreilles du gérant. Le spectre de l'expulsion habita désormais les jours du pauvre indésirable, qui se mit à espérer la venue des hivers, quand la mansuétude de la loi des hommes accorde un répit au prochain et suspend le bras de l'huissier brandi en direction de la sortie.

Cet hiver-là, Noël arriva très vite et, comme chaque fois, la sensibilité de M. Combret s'en trouva violemment émue. Il n'était pas de ceux que la joie des autres offusque et se réjouissait même de ce qu'un grand manège tournât sans lui pour des gens plus heureux. Mais la perspective de demeurer trois jours loin de ses classeurs, loin de ses carbones, de ses trombones et de ses gommes lui paraissait intolérable. Son petit logis s'en trouvait réduit aux dimensions d'un simple cube d'absence à l'intérieur duquel il était retenu, cloche à plongeur où sa timidité, ses manies, une certaine incurie avaient peu à peu fait le vide.

A son habitude, quand les passants goguenards et fraternels avaient commencé de se hâter vers la dégoulinade des charcuteries, la fraîcheur brûlante des bûches, les bracelets passés aux poignets des sapins, il s'était attardé au secrétariat de la compagnie d'assurances qui l'employait et avait fait choix pour son réveillon de toute une correspondance en souffrance et des relevés de compte les mieux sentis.

Minuit le trouva à son clavier. La tête un peu inclinée sur l'épaule, les yeux mi-clos, il laissait courir ses doigts sur les touches. Jamais il n'avait mieux frappé. On eût dit qu'une inspiration sublime lui déliait les phalanges. Il recopiait alors un bordereau. Soudain, de l'autre côté du mur, s'éleva chez les Mallefroid un chant pas trop discordant où il reconnut un cantique. Saisi, M. Combret suspendit son exercice pour écouter.

« Voilà bien un miracle de Noël, pensa-t-il, les bêtes féroces s'attendrissent. »

De vifs coups décochés contre la paroi le ramenèrent à la réalité. Rendu à son atmosphère habituelle, M. Combret se dit qu'il n'avait aucune raison de ménager ses ennemis et se remit à taper. Aussitôt, le chant reprit comme par enchantement. Dès lors, une sorte de dialogue s'instaura où, par un paradoxe ahurissant, les autres ne frappaient que lorsque la machine se taisait. M. Combret étant allé se faire réchauffer un peu de café, le silence qui s'ensuivit provoqua un véritable concert de récriminations. Encore y avait-il dans ces manifestations comme un accent différent de celui des autres jours et le cœur naturellement angoissé de M. Combret se mit également à battre sur un rythme nouveau. Chez l'homme aussi les cloisons du cœur sont bien minces, il arrive qu'on entende tout ce qui se passe chez lui. Un grand espoir l'envahit, il lui sembla qu'on lui disait ainsi que d'habitude : « Surtout, ne vous gênez pas », mais cette fois sur le ton d'une invitation. Et la soirée se poursuivit dans les échos mêlés de la machine à écrire et de la voix humaine, avec sur le tard quelques fausses notes et quelques fautes de frappe qui ne parvinrent pas à entamer la béatitude et la paix de cette nuit.

Dans la matinée du lendemain, M. Combret était encore à méditer sur cet événement insolite, lorsqu'on sonna à sa porte. D'une vie parcimonieuse en surprises agréables, il avait contracté une certaine méfiance devant l'inattendu, surtout lorsqu'il n'était pas encore rasé. Une véritable panique le saisit en reconnaissant Mme Mallefroid dans un sarrau ingrat. Elle se tenait sur le seuil sous ses cheveux de Gorgone étrusque et son regard faisait avidement le tour de cette pièce qu'elle ne connaissait pas, comme pour y chercher quelque chose.

— Voilà, dit-elle après une hésitation, si vous n'avez rien de mieux à faire, on voudrait vous demander, mon mari et moi, d'accepter de venir chez nous partager de la dinde, sans façons. Peu de choses, des restes.

M. Combret n'en croyait pas ses oreilles. C'était bien le sarrau de Mme Mallefroid qu'il avait devant lui, mais ce n'était plus elle qui l'habitait. Elle s'exprimait à la manière d'un personnage descendu d'un vitrail et introduit dans le commerce des anges. Il accepta la main tendue.

— Ce n'est pas tout, ajouta-t-elle, si vous pouviez apporter votre instrument ?

— Mon instrument ?

— Celui avec lequel vous nous avez joué ces belles choses, la nuit dernière, un harmonium ou un petit orgue, moi je ne sais pas...

— Vous voulez dire ma machine à écrire, ma terrible machine.

— Farceur !

Il fallut un certain temps à M. Combret pour comprendre que l'univers porte le reflet de notre âme et que l'esprit de Noël, descendu subitement chez les Mallefroid, leur avait donné à entendre

Minuit, chrétiens..., Mon beau sapin... et quelques mélodies d'une frivolité plus vulgaire, tandis qu'il leur interprétait un bordereau de sa façon. Tant il est vrai que si chacun voit midi à sa porte, chacun entend minuit à la sienne.

Le repas fut d'une médiocrité harmonieuse qui les mit à niveau et depuis, lorsqu'ils célèbrent un baptême, une première communion ou un anniversaire, les Mallefroid ne manquent pas de convier M. Combret à venir leur jouer un petit air de machine à écrire dont ils se montrent ravis.

Il était une fois des voisins séraphiques qui avaient le privilège d'écouter *Happy birthday to you* quand un vieil employé au bord de la retraite leur jouait « En réponse à votre honorée du tantième courant, et pour mémoire... ».

LA PLUME DU PAON

Ce soir-là, qui était celui de Noël, un jeune homme de bonne coupe, affligé d'un strabisme divergent, débauchait une cousine de province à travers les quartiers maudits de la capitale. Bien que son compagnon apportât à l'entreprise la maussaderie supérieure qu'il vouait à toute chose en dehors de l'économie politique, la jeune fille, éperdue de vin glacé et de girandoles, sentait le rose des grandes émotions spirituelles assiéger ses pommettes.

A la veille de rentrer dans son village où les indigènes mettaient leurs galoches devant la cheminée durant toute l'année, cette escapade à Saint-Germain-des-Prés lui semblait poser un grain de sel fatal sur la queue de son séjour pour en retenir l'envol, en apprivoiser l'oiseau bleu. Dans le boyau tendu de guirlandes où ils achevaient de souper, des voix obscures lui soufflaient que le meilleur vient à la fin.

Le jeune homme était inspecteur des Finances. Comme tel, il inspectait précisément l'addition qu'une souillon d'opérette venait de griffonner sur un coin de la nappe en papier. Dans le même temps, il aspirait dans son for intérieur à retrouver l'un de ces bivouacs de hauts fonctionnaires qui s'établissent, passé minuit, dans les brasseries où les ministres vont boire, et ne s'apercevait pas que la cousine palpitait contre son flanc à force de gloutonnerie intellectuelle et autre. Soudain, ce brillant économiste releva la tête, mais la question qu'il envisageait de poser à la serveuse lui resta entre les amygdales d'où il la ravala. Depuis le début de la soirée, il s'était appliqué, non sans suffisance, à épingler des noms célèbres sur le tout-venant qui circulait d'une table à l'autre et n'avait pas craint d'abuser la crédulité de sa voisine en confondant allégrement les philosophes et les clarinettistes. Cette fois, l'équivoque n'était plus possible : c'était bien le fameux Merguez qui venait de se frayer un chemin jusqu'au comptoir, superbe comme toujours et plus vétilleux qu'une cornemuse.

— Tiens donc, petite Madeleine, chuchota le jeune homme à l'adresse de sa cousine, tu pourras dire à tes gentilles amies que tu as réveillonné en face de Merguez. Tu as entendu parler, je suppose ?

Au seul nom de Merguez, Madeleine se cabra sur la banquette, ses narines se dilatèrent, l'une pour le soufre, l'autre pour l'encens. La vogue attachée à l'œuvre vrombissante de ce romancier néo-penseur avait vigoureusement agité les bibliothèques tournantes de la Haute-Vienne. Les pensionnaires des Dames de la Palourde se disputaient, au sortir des cours, les quelques exemplaires qui en étaient tombés entre leurs mains. Après Francis Jammes, dans un genre combien différent, Merguez était leur écrivain de prédilection. Même, il présentait sur le poète béarnais l'avantage incontestable d'être vivant, ce qui ne manquait pas de stimuler un sang vigoureux dont la rêverie à fleur de peau puisait des ressources en profondeur dans la potée et le clafoutis.

— Merguez ! s'exclama Madeleine, lequel est-ce ? Montre-le-moi !

L'autre marqua un recul discret :

— Modère-toi, voyons ! Il est assis sur un tabouret, contre le bar.

Car il disait : le bar, pour faire mieux, et non pas : le zinc, comme nous tous. La jeune fille se dévissa pour capter la direction où s'aventurait le regard naturellement ambigu de son cousin, et c'est ainsi qu'elle arrêta les yeux sur moi.

— Je ne l'imaginais pas tout à fait comme ça, dit-elle avec avidité. Il a l'air tout désemparé... et si accessible.

Je mangeais un œuf dur et le trouvais amer.

Ces jours de fête ne flattent pas la solitude. Ce sont les arches d'un pont qui enjambe le vide. Je répugnais pourtant à rentrer me coucher. Tant qu'on n'a pas tiré la porte sur soi, le monde demeure chargé de petites promesses. Pour un célibataire, le nom qu'il lance à sa concierge après dix heures, c'est le mot de la fin. On n'est jamais très pressé. Parfois, il arrive qu'on noue des amitiés au coude à coude; d'autres soirs, on se bagarre comme des matous. Quand cette jeune fille commença à me dévisager, Merguez, l'écrivain, venait de prendre place contre mon épaule. Je ne le connaissais que pour l'avoir vu en vitrine sur le boulevard mais je savais qu'il n'était pas l'homme à trinquer de l'œuf dur avec moi. A l'époque, il pouvait encore passer pour grotesque, malgré la carrure naissante que lui dessinait son talent. L'ambition a tôt fait de vous donner des épaules larges et du jabot. Merguez bâfrait comme il écrivait, je fus heureux de le constater, car ses deux premiers livres, malgré le tintamarre dont ils avaient fait l'objet, m'étaient tombés des mains. Il est vrai que mon jugement en la matière n'était guère autorisé car, de mon côté, je m'essayais aussi à la littérature dans le secret le plus épais.

Les jeunes filles non plus n'étaient pas mon fort. Je me sentais trop vulnérable moi-même pour m'accommoder d'êtres qui avaient encore quelque chose à perdre. Celle qui, maintenant, me buvait des yeux sans retenue et répondait à ma mine intriguée par des esquisses de sourires m'embarrassait d'autant plus que l'individu élégant qui l'accompagnait ne cessait de me considérer assez sournoisement et, pour tout dire, en biais. Le sans-gêne de ce couple, que j'épiais, moi aussi, à la dérobée, finit par me bouleverser, malgré le charme que j'éprouvais à recevoir cette nuit-là un signe de vie. J'avais l'impression qu'ils m'avaient élu pour leur dupe et qu'ils allaient me coller dans le dos l'étiquette d'un poisson d'avril. Je respirais mal au moment où ils se levèrent pour enfiler leurs manteaux. La fille me parut aimablement colorée lorsqu'elle passa à me frôler et franchit le seuil sans broncher. Mais, dès qu'elle se fut un peu retranchée dans la nuit, je vis à travers la vitre du bistrot qu'elle tournait vers moi ce visage qu'ont certains êtres quand deux trains se croisent et que l'envie déchirante vous prend de tirer le signal d'alarme.

L'inspecteur des Finances était plutôt ennuyé. Il ne savait pas comment annoncer à Madeleine qu'il ne la raccompagnerait pas jusqu'à sa pension de famille. On l'attendait, paraît-il, à Auteuil, chez le Premier Président. Il n'avait déjà que trop tardé. Il y allait de sa carrière. Ce sont des considérations qu'une provinciale peut admettre. Comprenant qu'il avait une maîtresse, la jeune fille s'inclina facilement.

— Je te jette à une station de taxis ? demanda-t-il en manière d'aumône.

— Inutile, répondit-elle, je préfère marcher un peu.

Déjà le projet insensé agitait un furieux grelot dans sa tête. Ses pas la conduisaient vers le carrefour où une librairie scintillait avec l'éclat tranquille des pharmacies de service. Une tolérance de Noël voulait qu'elle fût encore ouverte. Un ouvrage de Merguez pointait à la devanture. (Il venait, sans doute, de l'y faire mettre.) Madeleine entra et l'acheta. Puis elle remonta le boulevard, pénétra dans un café dont la renommée littéraire s'était propagée jusqu'à Saint-Aureil et demanda un jeton de téléphone.

Arthur, le serveur, était en train de m'entretenir de l'indemnité-varices pour laquelle il militait depuis trente ans et je lui objectais quelques arguments de contentieux qui étaient de ma partie, quand le téléphone retentit dans notre bistrot : « On demande M. Merguez à l'appareil ! »

En d'autres temps, cet appel eût provoqué un remous dans l'assistance. Mais l'intelligentsia réveillonnait à domicile et l'écrivain se dirigea vers la cabine dans une indifférence totale. Peut-être même toute la surprise était-elle pour lui, car il affichait un air perplexe en s'enfermant à double tour.

Lorsqu'il ressortit, un instant plus tard, un sourire visqueux flottait sous l'auvent de sa petite moustache.

— Payez-vous, Arthur, dit-il en allongeant de la monnaie, ne fichez pas le camp, payez-vous tout de suite.

— Rien de grave au moins, monsieur Merguez ? demanda le serveur par simple routine.

— Du meilleur, au contraire ! Une femme m'attend en face, une admiratrice... Et le plus beau, c'est que nous ne nous connaissons pas, lança Merguez, comme il ouvrait la porte.

— C'est sans doute pour cela, murmura Arthur, comme il la refermait.

Merguez traversa la chaussée dans la peau d'un jeune maître à penser et c'est effectivement de main de maître qu'il poussa la délicate porte à tambour du café littéraire. Cette voix de femme qui venait de lui confier son désir de le rencontrer, il ne craignait pas de lui donner figure humaine. Elle avait ajouté : « Pour que vous me connaissiez, je poserai en évidence votre dernier livre sur ma table. » Merguez entama donc résolument son tour de salle, un inventaire bien serré, à la fois désinvolte et terriblement attentif. Rien ne saute plus spontanément aux yeux d'un auteur qu'une couverture où s'étale son nom. Il ne tarda pas à repérer l'opulente dame blonde ni à surmonter le léger dépit qu'il en ressentit : une nuit de Noël, toute égérie semblait appréciable à cet ours peu léché.

Mme Chargeur n'avait pas pour habitude de fréquenter des établissements aussi intellectuels mais elle en avait entendu dire le plus grand bien. Puisque voilà plusieurs fois qu'elle passait devant en revenant de chez sa masseuse, elle s'était décidée à boire sa verveine du 24 décembre devant l'un de ces guéridons prestigieux plutôt que dans la solitude d'un studio dont son protecteur, capitaine au long cours de la représentation commerciale et marié devant chaque comptoir, désertait de plus en plus le chemin.

Elle regardait autour d'elle, prenant bien soin de ne pas dévisager l'assistance trop ouvertement et, pour se donner de l'aplomb, feuilletait par intermittence le gros bouquin qu'elle avait emporté pour lire dans le métro. Son libraire le lui avait mis de force entre les doigts, un jour qu'elle était venue se fournir en mercerie, tandis que les commis renchérissaient en chœur : « Avez-vous lu Merguez ? » Non, Mme Chargeur n'avait pas lu Merguez et il était peu vraisemblable qu'elle le lût jamais car elle désertait sa lecture toutes les dix lignes tellement elle trouvait ça idiot.

Au moment où le jeune homme bouffi, qui rôdait dans les parages depuis quelques instants, vint se planter devánt elle, elle fit d'abord semblant de ne pas le voir, mais elle ne put s'empêcher de penser que Saint-Germain-des-Prés n'usurpait pas sa réputation :

« Allons bon, ma fille, se dit-elle, c'est l'aventure qui commence. »

Pourtant, elle se trouva flattée, quand l'autre se fut installé à son côté, en déclarant avec une modestie parfaitement imitée :

— Je suis Merguez... Bonjour Verveine !

Et délicieusement violée dans ses habitudes, quand il eut appelé le garçon pour lui commander deux doubles whiskies en renfort.

Un peu plus tard, par désœuvrement, je franchis le boulevard à mon tour et m'engageai dans le tambour insidieux du café littéraire, sans préméditation. Noël peut servir de jolis points de départ à une méditation sur le noctambulisme. Un rapide coup d'œil dans la salle m'assura que je ne retrouverais pas à qui parler. J'allais m'en retourner, lorsqu'une voix exquise me héla, d'un accent savoureux encore près de la crèche. Je reconnus la jeune fille du restaurant. Elle était seule, dans une encoignure de porcelaine, agitant un livre d'une main timide et complice. Décidément, cette gracieuse personne procédait avec une détermination redoutable. Je m'approchai, assuré par mon dénuement même de ne pas tomber dans des pièges éventuels.

— J'ai cru que vous ne viendriez pas, dit-elle.

— Aurait-ce été une si grande perte ?

Elle eut une moue de désapprobation.

— Pas de fausse modestie, je vous en prie. Pour moi, vous êtes ce que j'appelle une valeur sûre.

C'était bien la première fois qu'on me disait cela et je ne savais pas où elle voulait en venir, mais un Père Noël me ramonait avantageusement le cœur. Par contenance, je pris le livre qu'elle avait reposé sur sa table et me fis sarcastique :

— Ah ! vous lisez cette imbécillité-là. Vous n'êtes pas difficile !

Elle se détourna comme si je l'eusse blessée. J'insistai sans savoir pourquoi :

— C'est une justice à vous rendre : vous ne l'avez pas encore coupé, vous pourrez le revendre plus facilement.

— Pourquoi vous faites-vous du mal inutilement, répliqua-t-elle. Vous êtes vraiment tel qu'on vous imagine, écorché par votre excès de lucidité. Sous vos dehors goguenards, vous devez souffrir.

J'esquissai un sourire presque douloureux : c'était vrai, je souffrais d'une certaine gloutonnerie réticente en présence du monde extérieur et de beaucoup d'indécision. Je portais aussi un grand regret de ne pas réussir à m'exprimer. C'est peut-être pourquoi j'aimais venir flairer les artistes dans ces réserves consenties où ils sont parqués.

C'est alors que je découvris Merguez à l'abri d'un pilier, conversant avec une dame majestueuse. Il ne prêtait qu'une attention marginale à l'environnement mais, comme je pivotais pour mieux l'observer, il darda un œil oblique et, par extraordinaire, m'adressa un profond salut.

— Merveilleux ! s'exclama ma voisine, tout le monde vous connaît.

Merveilleux, en effet, si ce n'est qu'elle ajouta :

— Vous ne buvez donc pas, j'aurais cru...

Je vis non sans terreur qu'elle était absorbée dans du whisky. Je ne possédais pas assez de crédit pour la suivre dans cette voie. Sans la consulter, je commandai deux doubles verveines. Il fut sensible que l'étrange ferveur de cette jeune fille s'en trouvait augmentée.

Depuis peu, Merguez n'accordait plus qu'une demi-oreille au babil enthousiaste de Mme Chargeur, complètement dégelée par son initiation aux boissons fermentées. « Pourquoi ai-je salué ce type-là ? se demandait-il. Certes je l'ai déjà vu quelque part ; je ne sais pas où. En tout cas, j'ai bien fait : dans ma situation, on ne salue jamais assez. La sauvagerie ne paye pas, il serait temps da s'en apercevoir... Et celui-ci a une tête de critique, jeune et rose qui plus est ! Les plus féroces... Et il boit de la verveine ! Nom de nom, je devrais peut-être aller le trouver à sa table... »

— Excusez-moi, chère amie, je reviens tout de suite.

Mme Chargeur, dont les usages s'assoupissaient à mesure que s'éveillaient ses appétits, soupira : « Encore ». Tout à l'heure, mettant à profit une première absence de Merguez, elle avait parcouru rapidement la notice du livre qu'elle serrait contre son giron. Et maintenant, avec le zèle débordant des affranchies de fraîche date, elle souhaitait d'en savoir davantage et parlait de Mathias, le héros de Merguez, comme si elle l'avait fait sauter sur ses genoux.

— Coupez d'abord les pages, on verra après, intima cavalièrement l'écrivain.

— Puisque je vous dis que je l'ai déjà lu, affirma Mme Chargeur à qui les mœurs littéraires venaient en buvant. J'ai prêté mon exemplaire à une amie mais j'ai racheté celui-ci pour le garder intact et mettre de la peau autour.

Ému par ce gage de dévotion, Merguez posa une main sur le poignet de Mme Chargeur qui ne se déroba pas.

— Juste une minute, décida-t-il.

Il n'était que d'apprécier sa démarche un peu louvoyante pour être assuré que Merguez venait à nous. La crainte me saisit qu'il eût deviné les propos désobligeants que j'avais tenus sur son livre.

— Mon Dieu, dis-je à la jeune fille, le voilà.

— Qui ça ? fit-elle.

— Un raseur.

Je n'allais pas lui révéler qu'il s'agissait de Merguez. Si elle lisait cet auteur à une heure pareille, c'est qu'elle l'estimait et ne manquerait pas de le lui dire. Si elle le lui disait, l'autre en tirerait de la vanité et s'accrocherait d'une façon insupportable. Mieux valait prévenir cette agression. Je me levai et fis un bout de chemin à la rencontre de Merguez qui s'approchait, un sourire vague sur les lèvres. Je répondis par un sourire également indécis. Il tendit sa main, j'avançai la mienne. Somme toute, nous nous serrâmes la main.

— Comment va ? dit-il, je suis heureux de vous voir...

Il y eut un silence perceptible, puis il me demanda :

— Vous travaillez pour vous ? Vous avez quelque chose en train ?

Je ne comprenais guère le sens de sa question. A tout hasard je la lui retournai :

— C'est plutôt à vous qu'il faut demander cela.

Sans le savoir, je venais de provoquer un cataclysme. Merguez, débondé, entreprit de m'exposer ses œuvres passées, présentes et futures, l'une l'autre s'interpénétrant pour composer des triptyques ou des fresques. M'ayant agrippé par le bras, tantôt il feignait de me raccompagner jusqu'à ma table, tantôt me rejetait dans l'allée où des gentlemen à plateaux nous bousculaient sans aménité. Par intervalles, je balbutiais que je ne voulais pas le retenir. Il haussait les épaules avec condescendance. A la fin, il me proposa de prendre un verre avec lui, s'avisa de ce que je n'étais pas seul, feignit la confusion et me précipita sur le rivage en lançant à la cantonade :

— Charmé de vous avoir entendu de vive voix. Je vous suivrai désormais encore plus attentivement.

Je nous croyais débarrassés, il retourna sur ses pas :

— Au fait, on vous verra chez Gallimard, jeudi ?

Je répondis qu'il y avait peu de chances. Il m'assura que c'était dommage et se mit à hésiter d'un pied sur l'autre, impuissant à s'arracher de nous. C'est que, même à l'envers sur la banquette, il venait de reconnaître son livre. Il allait ouvrir la bouche, nous scrutait d'un regard encourageant, mais, soudain, sans que rien l'eût laissé prévoir, il rejoignit sa compagne qui s'occupait là-bas à renouveler les consommations.

— Pourquoi n'allez-vous pas chez Gallimard, jeudi ? me demanda la jeune fille sur un ton de reproche.

— Vous y allez, vous ?

Elle répondit avidement :

— Vous voulez rire... moi, pauvre petite provinciale !

Le mot bondit dans ma poitrine.

— Vous arrivez de province ?

— Du Limousin, dit-elle, et je repars demain.

Je n'eus pas de peine à lui affirmer que j'aurais aimé la revoir. Elle me considéra avec gratitude :

— C'est une grande soirée dans ma vie. Si vous vouliez me faire plaisir, vous mettriez un mot là-dessus, en souvenir.

Elle me tendit le roman de Merguez. Je le retournai dans tous les sens, sans empressement, trouvant drôle cette manière de signer « Merguez » tout court.

— Qu'est-ce que vous voulez que je vous écrive ?

— Je m'appelle Madeleine, dit-elle, c'est un peu vieillot.

— Je m'appelle bien Abel.

Elle prit un air ravi et répéta : « Abel ». Puis elle ajouta :

— On n'y pense guère, mais personne ne connaît votre prénom.

— Dites plutôt que personne ne le porte.

— C'est un prénom très doux, dit-elle, et que j'adore...

Elle me prêta sa plume pour lui écrire ce mot. Au fond, le livre de Merguez était le pavillon qu'elle avait arboré pour me conduire à elle. Sauf à lui obtenir une dédicace de l'auteur, ce que je ne voulais à aucun prix, il me revenait de droit de formuler pour Madeleine cet hommage parisien. Je me mis à la tâche. A quelques mètres de là, Merguez justement suçait lui aussi son stylo au-dessus de l'exemplaire que lui présentait son admiratrice. Nous échangeâmes de loin un second sourire.

— Je l'ai vraiment échappé belle, répéta Merguez, un peu plus, je ne le saluais pas.

Mme Chargeur commençait à s'impatienter :

— A la fin, qui est ce monsieur ?

— Je l'ignore mais je ne connais que lui. C'est sûrement quelqu'un.

— Écrivez toujours, fit Mme Chargeur. Un petit truc qu'un homme jaloux puisse lire, le cas échéant.

Cette prière annonçant déjà le sacrifice que cette femme ne tarderait pas, un jour ou l'autre, à lui consentir, Merguez s'en trouva exalté. Sous couleur de regarder par-dessus son épaule, Mme Chargeur laissait une mèche blonde frôler la joue appliquée de l'auteur.

Pour ma part, j'avais peur d'être allé un peu loin dans ma dédicace. J'avais tort. Madeleine se montra enchantée.

— Vous avez mis Abel, simplement Abel, dit-elle... Madeleine et Abel ! Mes compagnes vont être jalouses quand je vais revenir avec ça.

Je m'amusai à cette évocation d'une connivence entre étudiantes ou collègues de bureau.

— Vous travaillez ? demandai-je.

— Pas assez. Je sais bien que je devrais. Mlle Théron me pousse beaucoup.

Mlle Théron était professeur de philosophie chez les Dames de la Palourde. J'appris ainsi qu'elle encourageait Madeleine à composer des vers. Manifestement, celle-ci s'attendait à ce que je la prie de s'étendre sur ce sujet. J'avoue que l'idée ne m'en effleura pas. Surmontant sa déception, Madeleine me demanda à son tour « si j'avais quelque chose en train ». C'était décidément le jour.

— Il vaut mieux ne pas parler de moi, lui dis-je, je n'ai même pas mon bachot.

— Comme tous les vrais grands hommes, fit-elle.

Et je la vis rayonner pour la dernière fois.

Ensuite, Madeleine murmura : « Attention ! » sans raison très valable. Son cousin venait d'apparaître par la porte à tambour. Nous n'avions guère à redouter de lui. Pourtant, je me levai.

— Il faut que je vous quitte, dis-je à la jeune fille.

Elle essaya de me retenir et je m'émerveillai du pouvoir qui m'était venu, ce soir-là, d'accrocher tant de personnes inconnues. L'intuition, toutefois, me dicta qu'il ne fallait pas tenter le sort. Très à l'aise entre les tables, broyant des doigts, le cousin serait sur nous d'un instant à l'autre. Je précipitai la séparation.

— J'ai une adresse où vous écrire, jeta Madeleine en désignant le sigle de l'éditeur, tatoué sur la couverture du livre. N'oubliez pas de me répondre.

En un éclair furtif, l'arrière-pensée m'effleura que je n'étais peut-être pas aimé pour moi-même.

Pour asseoir ma silhouette, j'étais allé retrouver Merguez. A distance, j'assistai à la jonction du cousin et de la cousine. Il me sembla qu'ils commentaient leur trahison mutuelle. Madeleine ouvrait et refermait son livre. Prêtant l'oreille, au prix d'un effort quasi divinatoire, je perçus que l'autre lui demandait :

— Abel... qui est-ce Abel ?

— Là-bas, souffla Madeleine avec un mouvement du menton en direction du groupe que nous formions.

— Quoi ! Merguez...

— Tout juste, répondit la jeune fille, c'est un être d'une délicatesse exceptionnelle et je suis très contente.

— Mes félicitations, dit le cousin, mais, si tu le permets, je vais te raccompagner. A partir d'une certaine heure, j'ai le sens de mes responsabilités.

Sur quoi, ils disparurent après nous avoir décoché de menues politesses à partager.

— Pour le coup, dit Merguez, qu'est-ce que vous prenez ?

Je n'avais pas assez mangé. Je prétendis qu'un œuf dur me distrairait. On me passa volontiers ce caprice. Cependant que je brisais la coquille d'un geste qui m'est familier, Merguez se frappa soudain le front, si bien que les deux bruits se confondirent.

— Je sais maintenant où je vous ai vu, rugit-il. Vous étiez au restaurant, tout à l'heure, sur le zinc.

— Je n'ai jamais prétendu le contraire. C'est là aussi que je vous ai vu.

— Mais, dans l'existence, qu'est-ce que vous faites ? reprit-il en pointant un doigt vengeur vers mon gilet.

— Je bricole dans un contentieux d'assurances.

J'avais à peine achevé cette phrase que Merguez, poursuivi par un maître d'hôtel qui l'obligea à régler ses consommations sur le trottoir, entraîna dans sa mâle fureur Mme Chargeur dans la maison de rendez-vous la plus proche et fit ainsi un heureux de plus dans la soirée.

Le quatrième bonheur de cette histoire fut celui de Merguez lui-même, lorsqu'il reçut chez son éditeur une lettre postée dans la Haute-Vienne, où une demoiselle ignorée lui révélait qu'il était beau. Le cinquième bonheur fut, une nouvelle fois, celui de Madeleine, quand Merguez, par gratitude, lui répondit, sans trop y croire, que ses poèmes étaient bons. Le sixième bonheur fut celui de l'éditeur qui publia leur correspondance, échelonnée sur plusieurs mois, véritable chant alterné des amours impossibles, qui devait connaître un retentissement de curiosité.

C'est d'ailleurs à travers ces lettres, un miel pour l'amateur, que je pus reconstituer le miracle de cette nuit de Noël, où quatre solitaires subirent l'aimantation d'un malentendu plus fécond qu'une grâce.

Mais de telles aubaines ne se présenteront plus. A trente-cinq ans, le cousin, chargé de mission dans le cadre du Marché commun, s'est enfin décidé à se faire opérer. Jusque-là, ses interventions introduisaient une pagaille déplorable dans les colloques qui se tiennent autour des tapis verts.

GLORIA

Gloria Mood-Wilne, de son vrai nom Blanche Mouton, n'a jamais réussi à franchir le mur du son : le cinéma parlant a mis un terme à sa carrière. Néanmoins, pour une ancienne coqueluche du muet, elle s'abandonne volontiers à des discours en cascades et c'est pourquoi nous sommes deux ou trois amis qui aimons bien escalader en pèlerinage les coteaux de Meudon où elle s'est retirée pavillon haut (pavillon en meulière), vers 1930. Il est appréciable qu'elle nous appelle ses gigolos ; tout le plaisir est pour nous : cette petite femme d'une large soixantaine d'années que nous disputons à l'oubli est notre objet de luxe, peut-être aussi notre seule bonne action.

Donc, sa villa beige et rugueuse, égarée dans la verdure domine l'île Seguin. Par beau temps, elle suggère des idées de Pays Basque aux ouvriers de la Régie Renault, les « studios Renault » dit Gloria, chez qui les toits inclinés des ateliers éveillent en retour la nostalgie de son valeureux métier. Cette rentière ne craint pas d'évoquer le hangar où elle se fit raboter un sein pour incarner la Reine des Amazones et barbote volontiers dans l'âge héroïque. Mais tous les âges sont héroïques, en particulier celui qu'elle vit aujourd'hui.

Pour mieux vieillir, elle a repris son nom de jeune fille, sans aucune aigreur. Ses propos ne sont pas ceux d'une épouse divorcée. A vrai dire, elle n'a pas conscience de ce que le cinéma se soit séparé d'elle par décret; elle se considérerait plutôt comme la veuve d'un prince révolu, qui aurait un peu négligé de la recommander à ses héritiers. Beaucoup de naïveté et quelques économies judicieuses lui ont permis de supporter sa disgrâce sans amertume ni tapage. Mlle Mouton a échappé au destin dramatique des cigales et, à première vue, rien ne rappelle la vamp saccadée dans cette frêle personne affublée de taffetas et de perles, chez qui les caractères de l'épouvantail sont corrigés par ceux, émouvants, de l'oiseau.

Un certain dédain des modes de notre époque — un dédain qui n'est peut-être que de la timidité —, le goût de l'insolite, une aptitude à imaginer des charmes derrière la grille des mots, nous ont fait reconnaître et adopter Gloria Mood-Wilne dès que nous l'avons rencontrée sur un bateau-mouche où elle s'enchâssait avec bonheur. Dans un monde exubérant de vedettes, elle est devenue notre star privilégiée; nous entourons cette étoile éteinte d'une cour d'admiration et de tendresse qui la ressuscite.

— Le passé ne revit que dans la jeunesse, les vieillards à la page s'acharnent à le renier, se plaît-elle à nous répéter.

Et ce brevet qu'elle nous décerne nous enchante, car il nous met de plain-pied avec nos pères, tels que nous ne les avons pas connus.

De nos jeunes pères, nous ne possédons pas la désinvolture ni l'aisance, mais l'argent nous serait plus facile, dont on dit précisément qu'il procure l'aisance. Nous l'utilisons assez légèrement à célébrer le culte de Gloria. Tantôt celle-ci nous réunit chez elle dans un taillis de souvenirs. Photographies de Max Linder, de Victor Margueritte, de Poiret. Tantôt elle nous rejoint à Paris, soit que l'un de nous qu'elle appelle « l'homme à l'Hispano » aille la chercher en voiture, soit que nous l'attendions à l'arrivée du train de banlieue d'où elle débarque munie d'un sac en cretonne, car l'occasion lui est bonne d'effectuer de menus achats qui l'effarent, — le prix de la vie et de toutes choses lui saute alors aux yeux, ses yeux immenses, charbonneux, clignotants, où ne se reflètent plus que des Eldorados désormais stériles, et les fêtes que nous lui composons ensuite l'inquiètent autant qu'elles la captivent. Ainsi lui avons-nous appris l'axe Régime-Castel, les soupers au strip-tease et que les plus belle huîtres pouvaient encore se rouvrir devant elle. En échange de quoi, elle nous a initiés à des recettes de cocktails corrosifs, comme on n'en fait plus, que nous nous ingénions à reconstituer à sa santé. Le salaire de ce genre d'amitié tient dans cette contrebande entre deux générations.

Quarante ans de retraite n'ont pas fait perdre à Gloria la vocation du luxe. C'est la peur de manquer, plus qu'un manque réel, qui l'a incitée à adopter cette existence modeste dont nous voulons la distraire. Elle se laisse faire en se demandant comment tout cela finira.

— Mes pauvres enfants, nous dit-elle, vous mettez de l'hermine sous mes pas ! Ralentissez, je vous en prie, ralentissez...

Il n'en faut pas davantage pour que nous renchérissions en extravagance, lui assurant que nous vivons une époque de cocagne et que cette ville, que nous aspirons pour elle à peindre en rouge, s'ouvre à qui veut la prendre. Elle s'en retourne rassurée sur le sort de la civilisation, à l'issue de ces journées parfaites.

Dans les restaurants, on commence à connaître le groupe que nous formons. La fois où Gloria a tenu à nous rendre en bloc nos invitations, nous avions soudoyé les maîtres d'hôtel pour que les festivités se soldassent par une addition dérisoire, non dans un propos charitable, mais pour la confirmer dans l'illusion que le miracle et la facilité accompagnent en permanence notre sillage. En effet, elle remarqua :

— On raconte des sornettes ; la situation est beaucoup moins terrible qu'on le prétend. Les prix sont d'avant-guerre...

De même, nous arrangeons-nous pour la mettre en présence de comparses qui feignent de la reconnaître et la saluent par son nom de guerre, barmen, camarades de rencontre, chauffeurs de taxi qui refusent de nous faire payer la course en hommage à la pionnière prestigieuse qu'ils ont l'honneur de transporter. Un jour, nous avons failli aller un peu loin en la mettant en présence d'un agent littéraire, prétendument désireux de publier ses Mémoires. L'affaire s'embourba sans qu'elle marquât trop d'impatience ; elle n'en conserva que le sentiment diffus qu'on lui portait encore de l'intérêt. Mais l'équilibre est délicat à maintenir, qui nous fait osciller à chaque instant entre la sollicitude et la mystification.

Nous nous sommes souvent demandé si elle était vraiment dupe du cercle assez magique à l'intérieur duquel nous nous appliquions à l'enfermer, jusqu'au jour où il s'est avéré qu'elle ne pouvait plus accomplir la moindre démarche, formuler la moindre opinion sans en appeler à notre aide ou à notre conseil. Gloria Mood-Wilne ne respirait plus que par nous, même si cette respiration était artificielle. L'ampleur de cette constatation, si elle nous a d'abord alarmés, nous a détournés de changer de caprice. Nos femmes, nos mères qui ont son âge, ont dû se résigner à nous voir adopter une sorte de double vie, ce dont elles prirent parfois ombrage, car Gloria s'est toujours refusée à les rencontrer pour nous « avoir » pour elle toute seule.

Ai-je encore le droit de parler de Gloria Mood-Wilne au présent ? Quittant la cuisine où nous nous sommes réfugiés pour regarder tourner l'heure, je repasse dans la pièce principale où l'actrice, allongée sur une méridienne dans une robe de gala, somnole au pied du sapin de Noël que nous avons eu tant de mal à nous procurer en cette période de l'année. Elle somnole et ne le sait pas, geignant doucement parfois, la respiration courte, des joues en toile cirée rouge, tendues par la fièvre. Devant la cheminée, les cadeaux que nous avons apportés, tous les trois, et qui nous donnaient des allures de Rois Mages, quand nous avons franchi le seuil. Sur la table ronde, les reliefs d'un souper ténu, chargé d'intentions par le traiteur et nos verres que nous avons oubliés sur le chemin de table scintillant de givre et d'étoiles, témoignage de notre désarroi.

Vers le milieu de l'été, Gloria nous est tombée malade. Nous l'avons appris au retour des vacances qu'elle a passées à Meudon, dans le sentiment que nous l'avions plus ou moins abandonnée. Le médecin a imputé son état à quelques abus au-dessous de son âge. Nous voulions nous persuader qu'elle venait surtout d'être privée trop longtemps de l'oxygène que nous lui communiquions. Quand on nous a annoncé que ses jours étaient comptés, nous ne l'avons pas cru.

Gloria se montra plus perspicace. Sachant que Noël scande la captivité, l'exil, la maladie, elle se mit à répéter :

— Je ne verrai pas Noël, cette année.

Alors, nous avons commencé à nous relayer à son chevet, désertant nos foyers à des heures impossibles, attirant sur nos mœurs des suspicions lassantes, pour prix de la victoire dans cette course que nous avions engagée contre le temps. Cependant nous nous efforcions d'offrir le monde sous ses meilleures couleurs à cet être qui s'en trouvait de plus en plus retranché. Toutes les fausses nouvelles nous étaient bonnes si elles allaient dans le sens de son optimisme, au besoin nous en inventions. Profitant de ce que la confusion s'installait dans son esprit, nous lui avons progressivement supprimé la radio et la plupart des journaux. Nous lui tenions lieu de gazette. C'est ainsi qu'à la fin du mois d'août, nous nous sommes autorisés à lui faire cadeau de la paix au Viêt-nam qui lui tenait à cœur. En septembre nous avons truqué la cote des valeurs en Bourse. En octobre, nous lui avons appris la création d'une quatrième chaîne de télévision française, exclusivement muette pour la flatter. En novembre, rude automne...

En novembre, le médecin nous a dit qu'elle était perdue. Il nous restait plus d'un mois à tenir. C'était trop. Déjà Gloria ne quittait plus son lit, brouillait le jour avec la nuit, distinguait mal entre le sommeil, la veille et le rêve. Nous avons commencé à arracher les feuilles du calendrier deux par deux, puis trois par trois, sans qu'elle s'en aperçoive. Elle avait suffisamment falsifié la date légale de sa naissance pour que nous en fassions autant avec celle de sa mort. Dans le même sens.

Un matin qu'on sonnait à la porte et qu'elle demandait ce qui se passait, l'un de nous eut l'idée de répondre :

— Ce sont les postiers qui viennent pour les étrennes.

— Ah ! dit-elle dans un sourire, les fêtes approchent. Quel jour sommes-nous ?...

C'est à ce moment que nous avons entrepris de faire venir le sapin, de choisir les cadeaux, de commander le réveillon que nous venons de célébrer à l'heure du dîner. Elle avait exigé de se lever pour se trouver parmi ses « gigolos ». Elle a estimé qu'il faisait bien doux pour un pareil soir et déploré l'absence de neige, mais nous n'avions pas réussi à nous en procurer.

Vers neuf heures, des enfants des écoles ou de jeunes apprentis, que nous avions achetés, sont venus à son chevet lui chanter un petit cantique, avant de renfiler leurs blousons de cuir noir, pour quelle nuit ? Ensuite, elle a bu un peu de champagne, nous avons allumé toutes les bougies et elle a dit :

— J'ai vu Noël.

Maintenant, passé minuit, elle repose ou elle s'en va : personne ne sait plus. Par la fenêtre, d'où l'on embrasse un vaste panorama, j'aperçois des lumières qui s'éteignent sur Paris, l'une après l'autre, dans des maisons où le calendrier indique que l'on est le 1er décembre. Je retourne dans la cuisine où le nôtre marque Noël et je dis aux amis :

— Je crains fort que nous ne réveillonnions en famille, cette année.

L'Automne

MÉTEMPSYCHOSE

La vieille Angleterre avait dégrafé un peu trop vite son corset. Et, comme on s'était ingénié naguère à copier ses excentricités guindées, son débraillé fit mal aux cœurs qui l'admiraient. Humiliée à travers la livre sterling, ajournée sans cesse à l'examen d'entrée dans le Marché commun, sevrée de revanches sur les pelouses de rugby, son génie ne s'exprimait plus guère, cette année-là où je faisais un stage aux Lloyds, que par le truchement de galopins aux cheveux longs ou de poètes blasphémateurs et il semblait improbable que l'invention de la minijupe dût lui valoir le Prix Nobel. Devant ce spectacle, les Anglais, qui cultivent le respect de la liberté individuelle avec autant de soin que le gazon domestique, se donnaient les gants de l'indifférence, oubliant simplement que le gazon, ils le tondent. Seule, une pègre sublime, retrouvant la veine épique des générations antérieures, parvenait encore, au prix d'un hold-up quotidien et d'une évasion hebdomadaire, à consolider son chiffre d'affaires et à forcer l'estime du concert européen.

Londres, en particulier, avait pris un sérieux coup de jeune et s'en remettait mal. Elle offrait l'image d'une ville gamine, abandonnée par ses parents et livrée pour une monstrueuse surprise-partie aux extravagances de baronets en haillons. Les douairières s'exilaient pour des week-ends de huit jours, les lords gardaient la chambre ou s'enfouissaient la tête dans les bunkers des terrains de golf, les majors proclamaient qu'ils étaient prêts à rempiler pour les Indes, mais précisément il n'y avait plus d'Indes. Cette cité que je devinais dure, âpre, précise, se drapait sous les accessoires insolents d'un cotillon court-vêtu, qui ébranlait les arêtes gothiques de l'abbaye de Westminster ou celles du Parlement et accentuait la réprobation aux frontons des immeubles en forme de coffres-forts qui s'incurvent dans Regent Street.

Une civilisation tremblait donc sur ses bases, qui en avaient vu d'autres il est vrai, puisque la bedaine altière de la cathédrale Saint-Paul dans sa ceinture de ruines était toujours là pour attester la pérennité des institutions sous la vanité des catastrophes. On estimait toutefois que la mesure était comble, lorsque le *Times* publia dans sa célèbre première page une lettre dûment encadrée, qui émanait d'un de ses lecteurs :

« Messieurs,

« Le trajet que j'ai adopté pour aller de mon club à mon domicile et vice versa passe depuis 1925 devant les établissements de " Jameson and Greenville " dont la réputation, elle, contribue à l'orgueil de notre cité depuis 1772. Je ne me permets de rapprocher ces deux dates que pour souligner ma fidélité au culte que je porte à l'un des temples traditionnels de nos plus hautes vertus marchandes. Je ne vais jamais sans me recueillir un instant devant ces vitrines que le monde entier nous envie et où le monde, cependant, est contenu tout entier, sous la forme des produits les plus précieux de la Nature et de l'industrie de l'homme. Malgré les péripéties inconfortables que traverse actuellement le Royaume, je dois avouer que j'en repartais jusqu'ici d'un pas plus confiant dans l'avenir d'une nation qui a su donner de telles preuves de raffinement et d'honnêteté.

« Veuillez bien ne pas imputer à un esprit troublé par le brandy la révélation que je vais vous faire maintenant. Je présume qu'un certain nombre de services rendus à l'Empire durant la dernière guerre mondiale et un attachement indéfectible à la Couronne m'autorisent à vous confier une impression personnelle, susceptible d'être reproduite dans les colonnes de votre journal, dussé-je commettre un attentat contre la discrétion en portant à votre connaissance le fait suivant : hier soir, rentrant à une heure assez avancée dans la nuit, il m'a semblé que l'harmonie séculaire des étalages de " Jameson and Greenville " était rompue par un éclair furtif, particulièrement dans celui consacré à l'alimentation. M'étant approché, j'ai cru pouvoir me permettre de constater avec regret qu'il était provoqué par le va-et-vient d'une souris.

« Bien que je sache par expérience que la souris n'attaque pas l'homme, j'estime qu'il est de mon devoir de déclarer ici que cette présence n'est pas forcément désirable.

« Sincèrement vôtre, etc. »

Comme Jessie, son épouse, pénétrait dans le living-room, les bras chargés de marmelade et de flocons d'avoine, Jeremy Alastair-Blackwell interrompit la lecture du *Times* où il s'abîmait depuis un long moment et ses joues couperosées s'empourprèrent davantage.

— Inutile, ma chérie, une tasse de thé sera suffisante.

Jessie, qui avait du sang hindou dans les veines et généralement un verre dans le nez pour ne pas se promener avec son vrai diamant sur elle, c'est-à-dire serti dans la narine à la manière des femmes de son pays, demeurait, la soixantaine passée, le plus beau souvenir rapporté par Jeremy Alastair-Blackwell du temps qu'il tenait garnison à Poona. Elle devait à ses origines une profonde familiarité avec toutes les pratiques de l'ésotérisme et continuait d'appartenir à l'une des innombrables sectes qui fourmillent à Londres, en l'occurrence celle des I.B.F. (International Bar Flies) dont les adeptes croient fermement à la purification par les boissons fermentées et à la réincarnation dans la macération. « Je revivrai sous les espèces d'une mouche à la surface d'un verre, déclarait-elle souvent, il suffit de vouloir très fort sa propre métamorphose et l'âme évadée du corps se transporte dans un autre. » Jeremy, qui ne croyait pas du tout à la métempsychose, se contentait de froncer ses longues moustaches aux pointes cirées, autre souvenir du Bengale, mais ne tenait pas moins compte de cette profession de foi, car cette mouche éventuelle était une fine mouche.

C'est sa sensibilité exceptionnelle et son œil à facettes qui révélèrent immédiatement à Jessie, dans ce matin frileux où baignait leur appartement de Kennington Road, que le visage tricolore de son mari, ses yeux bleus, sa moustache blanche, ses joues rouges, composaient dans le paysage une sorte de drapeau en berne.

— Dois-je comprendre, dit-elle, que vous avez perdu votre bel appétit ?

— Mieux encore : j'ai perdu la face.

Et il lui tendit le journal.

— Bon, fit Jessie avec un fin sourire oriental, puisque la souris n'attaque pas l'homme...

— *By Jove !* s'exclama Jeremy, l'instruction que j'ai reçue, moi, m'a appris qu'elle attaquait le bacon.

— Qu'est-ce que ça peut faire, nous sommes végétariens.

— Nous peut-être, mais pas notre honorable clientèle... Jessie, ma chère, reprit Jeremy avec une certaine solennité, jusqu'à nouvel ordre, nous mangerons, nous aussi, du bacon. Pour l'exemple.

Dois-je préciser que le colonel Alastair-Blackwell, à la retraite depuis les accords de Calcutta, commandait en chef le département de l'alimentation chez « Jameson and Greenville » où l'on s'applique à s'entourer d'un état-major représentatif ?

— Enfin, reprit Jessie, qu'est-ce qu'une souris, de nos jours ?

— C'est une question de principe, répondit-il en coiffant son chapeau melon.

— Alors, va, et retrouve-moi ta jolie face perdue.

Elle s'attarda un moment sur ce visage de la vieille école, qu'elle avait jadis capté, qui l'avait séduite, les moustaches surtout, antennes de l'amour, dont les frôlements affectueux troublaient encore vaguement leur sommeil commun désormais apaisé. Puis elle le vit foncer dans le brouillard, au sens propre du mot.

Parvenu à la rive droite de la Tamise, Alastair-Blackwell, contrairement à son habitude, ne s'engagea pas sur Lambeth Bridge mais siffla un taxi. Après avoir chassé d'un ferme propos la fille publique qui s'y tenait embusquée, il s'installa sur la banquette arrière, profonde comme un divan, et, à l'abri des vitres fumées, ne chercha pas en revanche à repousser l'assaut de ces filles privées qui venaient lui demander raison, sous les traits de sa responsabilité en déroute et de sa dignité menacée. Il parvint ainsi à traverser dans un climat d'auto-confessionnal la moitié d'une ville qu'il avait plus ou moins conscience d'avoir déshonorée et, dans de sombres dispositions d'esprit, se fit arrêter à l'angle de Bord Street et de Piccadilly, où s'élève et s'étend l'apanage somptueux de « Jameson and Greenville » *By Appointment of Her Majesty the Queen.*

Bien que les magasins ne fussent pas encore ouverts, des groupes insolites de passants s'agglutinaient, non pas devant les portes, mais le long des vitrines où ils formaient l'embryon d'une queue, comme au temps du « Blitz » et des restrictions. Avant de franchir un seuil latéral réservé aux cadres supérieurs, Alastair-Blackwell, les oreilles dilatées sous le chapeau melon, pêcha dans les remous qui agitaient cet attroupement des lambeaux de phrases contradictoires où il était question de scandale intolérable et d'attraction publicitaire : « Et d'abord, l'avez-vous vue?... Oui, gentleman... C'est une blague... Tenez la voilà !... Où ça ?... Derrière les flacons de ketchup... » Et il comprit qu'il s'agissait de la souris.

Jeremy ne retrouva une contenance qu'en prenant pied dans le vaste hall où, comme chaque jour, on s'employait à retirer les dernières housses avant la mise en vente. Là, tous les duvets de l'existence, tout ce qui la complique ou la simplifie, tout ce qui la prolonge en aventure ou en poème, se trouvaient assemblés sous une lumière d'apothéose, et il s'abandonna une nouvelle fois à la symphonie que suggèrent le négoce de luxe et l'Épicerie majuscule.

Vingt sortes de thés et trois siècles d'épices; quarante variétés de roll-mops, dont douze au gingembre; du saumon des Catskhills et de la truite d'Aubervilliers; cent marmelades dans des pots en faïence et des fromages de Stilton dans leurs cartons à chapeaux; des barriques de xérès et tous les whiskies, depuis le strathiska jusqu'au Milton Duff Glenlivet; des pyramides de lemon-puffs et de cakes à la mangue étayant des avalanches de petits pois d'un vert phosphorescent; sans compter le bacon... Jeremy qui s'était spontanément dirigé vers son domaine dut reculer devant la centaine de faces, hilares ou sévères, qui s'écrasaient de l'autre côté de la vitre avec une insistance obscène.

Il se replia vers le centre où l'on percevait nettement le feulement de la panthère noire, vedette du rayon des animaux vivants que les senteurs exhalées par celui des cuirs et peaux rendaient folle. Mais on entendait claquer des culasses au stand des armes de chasse et l'on évoquait soudain une jungle intime, où les plus beaux instruments aratoires n'étaient destinés qu'à ouvrir des allées aux instruments de musique les plus extravagants et leur permettre de charmer les fauves. Au milieu de tout cela, une souris... Une souris au milieu des jambons de Prague et des cachemires de l'Inde, des caviars d'Iran et des cashmere d'Écosse, des porcelaines de Saxe et des bois de santal... Une souris qui commençait à trotter dans la tête des serveurs en bas blancs et culottes à la française, des chefs de rayon en jaquettes et pantalons rayés, des directeurs en knickerbockers et vestons de tweed, et même sous la perruque de Mylords Jameson et Greenville, dont les portraits aux armes de la Compagnie des Indes vous scrutaient, au bas de l'escalier principal, avec un austère intérêt.

— Hello, vieux J.A.B. !

Un penchant pour les initiales, qui transparaît jusque sur leurs valises, incite volontiers les Britanniques à s'affubler de ce genre de diminutifs, exagérément rétrécis, parce qu'ils sont autant de gagné pour le silence. Jeremy Alastair-Blackwell se retourna donc à cet appel et reconnut le jeune Andy Mulligan, en qui beaucoup voyaient le futur bras droit du grand patron.

— On vous attend là-haut pour le conseil de guerre, dit ce garçon prometteur.

Au dernier étage, le bureau du président-directeur donnait sur Piccadilly, où la foule ne cessait maintenant de défiler pour tenter d'apercevoir la petite bête. Un exemplaire du *Times* était largement ouvert sur la table de la conférence.

— Une souris, nous ne devons pas nous en faire une montagne, avait tout d'abord déclaré le président, entouré de personnages dont la plupart se donnaient l'air d'être ailleurs, ce qui est assez normal pour des voyageurs de commerce.

Il avait décrété ensuite :

— Aucune mesure avant la tombée de la nuit, afin de ne pas donner à ce peuple stupide le spectacle d'un dessin animé en chair et en os.

Et pour finir :

— Rédigeons à l'intention des journaux du soir un communiqué ainsi libellé : « Les Établissements Jameson and Greenville informent le public que les mesures prises pour remédier à la situation que l'on sait sont plus réelles qu'apparentes. »

Malheureuse phrase ! Pour des Anglais qui ne

se donnent pas l'habitude de glisser même une feuille de papier à cigarette entre l'apparence et la réalité, ce divorce entre les deux notions risquait de préluder aux aventures extrêmement choquantes de la spéculation intellectuelle, autant dire à la révolution.

Effectivement, des énergumènes jaillis du quartier des docks en brandissant des chaînes de bicyclettes ne tardèrent pas à se mêler au flot des enfants que leurs nurses avaient amenés devant le grand magasin au sortir de l'école. Vers l'heure du thé, un cordon de policemen contenait péniblement un meeting disparate de bookmakers, de pickpockets et de dandys, pour l'empêcher d'écraser des vieillards dont les pliants avaient pris racines sur le trottoir. L'Armée du Salut avait fait son apparition, au début de l'après-midi, et les hymnes des prédicateurs de Hyde-Park, venus en voisins, faisaient monter vers le ciel une rumeur enthousiaste, entremêlée d'imprécations.

— Ça tourne à l'émeute, j'en donnerais ma tête à couper, dit imprudemment le jeune Mulligan en engageant son buste par une fenêtre, qui était justement une fenêtre à guillotine.

Alastair-Blackwell, lui, rongeait son frein, en guettant le déclin définitif d'un pâle soleil couchant et, quand l'instant fut venu, il revendiqua l'honneur de conduire lui-même l'hallali sur un sol qu'il connaissait particulièrement bien. Encadré par une équipe d'auxiliaires chargés d'émettre des bruits inquiétants avec leurs bouches, il s'avança alors en plein étalage, à travers un taillis de concombres et de fenouil, armé de son seul chapeau melon, car il avait été convenu qu'on traquerait la souris avec courtoisie.

Celle-ci déboucha d'une pile de pots de moutarde à dix-huit heures trente-cinq (G.M.T.) et, comme Jeremy allait plonger sur elle, se perdit aussitôt dans un labyrinthe de parmesan, pour la plus grande joie d'une masse de gens, qui s'était reformée, quoi qu'on en eût, de l'autre côté de la vitre et n'allait cesser de vociférer aux évolutions de cet animal auquel elle prêtait un sens parfaitement usurpé de la mystification. On ne les dispersa qu'en coupant la lumière. Malgré tout, la chasse, qui s'était poursuivie piteusement dans l'obscurité, se solda, ce soir-là, par un échec. Le lendemain matin, la souris fit, la première, sa réapparition sur le terrain.

Pour des êtres qui s'aiment, le malheur est un cordon ombilical, la membrane des frères siamois. Au cœur d'une nuit, Jessie ayant éprouvé le besoin de témoigner un peu de chaleur à son pauvre mari, son élan ne rencontra qu'un oreiller vacant à son côté. Sous le néon atténué de la salle de bains, Jeremy était en train de lacer ses chaussures avec précaution. Au léger mouvement qu'elle fit, il rentra dans la chambre.

— Ma chère mouche, vous ne dormez donc pas ?

Elle mentit :

— Je rêvais que ma vie future était celle d'une araignée et que je me prenais moi-même dans ma toile. Ce cauchemar m'a réveillée.

Jeremy s'émut tendrement à ces croyances. Sur le tard, toutes choses ressassées, peut-être s'appliquerait-il à la rejoindre dans cette sphère étrange.

— Moi, répondit-il, ma toile d'araignée, c'est ce magasin. Il m'attire et m'empêtre. C'est plus fort que moi, il faut que j'y retourne. Sur place, je trouverai bien une solution élégante pour cette damnée souris.

Cette nuit d'abnégation devait en ouvrir beaucoup d'autres et tracer la montée au calvaire d'Alastair-Blackwell. Désormais, vers minuit, au clair de lune ou dans le brouillard, il se levait sans bruit, endossait un vieux macfarlane et enjambait le fleuve... L'insomnie, burinant ses traits, exaspérant ses tendons, lui faisait par moments une silhouette farouche, qui rejoignait celle de Jack l'Éventreur. C'était pourtant un homme perplexe et doux qui arpentait jusqu'à l'aube le rayon de l'alimentation chez « Jameson and Greenville », le plus souvent à quatre pattes et en tapinois, car il avait conservé du collège assez d'esprit sportif pour se refuser à disposer des tapettes dans les coins. Après ces exercices aussi vains qu'exténuants, les journées se passaient à donner le change, un change de plus en plus bas.

Entre-temps, l'incident était devenu un événement dont l'ampleur ne cessait de croître. Dans ce pays où l'on affecte d'ignorer les personnes mais où l'on adore les personnages, la souris en vint rapidement à jouir d'une popularité qui l'égalait au Captain Townsend et à Liz Taylor. Autant dire qu'elle avait aussi ses détracteurs, non des moindres, et que beaucoup considéraient sa disparition comme une nécessité dictée par la raison d'État. Dans plusieurs comtés, des hobereaux assidus à la chasse au renard avaient produit des offres de service au conseil d'administration de « Jameson and Greenville ». Ce qu'apprenant, les suffragettes de la Ligue protectrice des Animaux sombrèrent dans un délire furieux qui les porta, sans crier gare, sous les balcons du Parlement, où les interpellations commençaient à fuser. L'opinion se trouva bientôt coupée en deux. Si la Chambre des Communes se montrait plutôt favorable à la souris, celle des Lords masquait sous des circonlocutions ouatées une nette réprobation. C'est alors que les Beatles, mobilisant plus de cent mille fanatiques dont la file s'étendait jusqu'à Green Park, mirent le feu aux poudres en venant chanter le pour et le contre autour de la devanture où se blottissait l'héroïne du litige.

Des bagarres s'ensuivirent, qui obligèrent le couple royal à abréger une croisière de prestige aux Bahamas pour revenir dare-dare arbitrer les partis en présence. Au bout de six semaines d'audiences et de négociations, la solution naturelle qui eût concilié la tradition d'une maison de renommée mondiale, fournisseur par surcroît de Sa Gracieuse Majesté, et le respect indéfectible dû à la personne des souris s'avérait de plus en plus introuvable. Le gouvernement, cette fois, dut démissionner. Des traités en cours s'en trouvèrent suspendus. L'Europe des chancelleries s'en mêla. La Grande-Bretagne ne fut plus qu'une île entourée d'opprobre.

Le grincement des ressorts avait appris à Jessie que son mari venait de se lever. Tapie derrière ses paupières closes, elle pouvait suivre comme à la manœuvre les étapes titubantes de ses allées et venues à travers la pièce en veilleuse. Elle feignait de dormir mais savait qu'il n'était pas dupe. Jeremy, de son côté, n'ignorait pas qu'elle savait qu'il savait. Qu'il savait quoi, au juste ? Depuis la crise ministérielle, un sourire las leur tenait lieu de confidences. L'homme était à bout.

Ayant déposé un profond baiser sur le front impassible de son épouse, Alastair-Blackwell referma la porte derrière lui. Quelques passants remarquèrent son air inspiré tandis qu'il se dirigeait vers le fleuve tendu de tulle gris. Les douze coups frappés par Big Ben firent lever les brouillards, lui révélant que ses pas l'avaient conduit machinalement sur le pont de Westminster. Il s'accouda au parapet. La vieille Cité, sous ses yeux, surgissait des vapeurs, dentelle de pierres et de briques, ourlée de coupoles, hérissée de donjons comme autant d'accrocs dans un ciel où la Grande Elisabeth tendait la main au Régent. Au loin, les feux follets de Piccadilly Circus, les grondements du Strand, le fracas rouillé des palans le long des docks : tant d'hommes pour tant de grandes actions !... Jeremy se sentit confirmé dans le sentiment de son indignité et estima qu'il ne lui restait plus qu'à rejoindre les eaux de la Tamise. L'homme de la bonne école en lui n'hésita pas. Ayant griffonné un bref mot d'adieu qu'il abandonna dans la coiffe de son chapeau melon, il plongea. Et ses lèvres formèrent un dernier anathème à l'adresse des souris avant de se tordre sous ses moustaches blanches.

On devait ne jamais retrouver son corps.

La disparition du colonel Alastair-Blackwell fut interprétée comme le plus beau geste de civisme de l'année. Dans son éloge funèbre, la direction de « Jameson and Greenville » évoqua le précédent illustre de Vatel. A l'étage au-dessus, Sir Randolph Crumble, l'un des orateurs les plus muets de la Chambre des Communes, assimila cette destinée à celle du philosophe grec qui n'avait laissé pour trace de son passage terrestre qu'une paire de sandales sur le bord d'un cratère bouillonnant. Tous enfin se plurent à rendre hommage à la veuve, qui témoignait d'une sérénité exemplaire.

Jessie, retranchée derrière ses pratiques hindoues, marinait dans une de ces mélancolies euphoriques qui font honneur au gin et au yoga. Il lui arrivait même parfois d'être saisie d'un rire enfantin, comme cette nuit où elle avait cru retrouver le frôlement des moustaches de Jeremy contre sa joue. Allongeant le bras dans un demi-sommeil, elle n'avait surpris sur l'oreiller voisin qu'une absence encore tiède, imprimée en creux. Un craquement du plancher lui révéla qu'un gros chat blanc s'esquivait sur la pointe des pattes par les fenêtres entrebâillées sur le printemps.

Ce matou avait sans doute flairé quelque chose de vital, car il revenait désormais pour des visites quotidiennes à la nuit tombée et ne dédaignait pas la soucoupe de lait ni le porridge que Jessie disposait dans l'office à son intention. Mistress Pringle, la femme de ménage, qui était physionomiste, ne pouvait s'empêcher de ronchonner ; elle avançait qu'il s'agissait d'un aventurier de gouttières parce qu'il lui était arrivé de le croiser en venant le matin, du côté de Bond Street. Tel quel, la ponctualité de ses fugues n'en faisait pas un animal encombrant et la fidélité de ses retours assurait à la femme seule une compagnie à laquelle elle s'attacha d'emblée avec une intensité qui l'étonna elle-même, sa prédilection la portant plutôt vers les mouches et les vaches sacrées.

Cependant les affaires de la Grande-Bretagne ne se dénouaient guère et le Royaume-Uni n'avait jamais moins mérité son nom. Comme l'effet survit à sa cause, on débattait maintenant autour d'une souris érigée en symbole dont on se souciait peu de savoir si elle exprimait encore une réalité concrète. Mythique ou pas, ce rongeur n'en continuait pas moins de ronger les principales institutions. Il fallut tout le sang-froid d'une commission d'enquête, exigée par la Couronne, pour donner enfin à l'opinion partagée l'assurance qu'il n'existait plus la moindre trace de la souris, sans qu'aucune main humaine n'eût pourtant attenté à sa vie.

Elle s'était littéralement volatilisée aux environs d'une date qu'on pouvait situer peu après la disparition du colonel Alastair-Blackwell. De nombreux esprits ne manquaient pas de célébrer cette coïncidence de deux anéantissements presque identiques et simultanés où la victime et le bourreau, s'absorbant mutuellement, se confondaient, heureuse aubaine qui ne va jamais sans exalter la jubilation populaire. On en profita pour former un nouveau gouvernement qui put s'atteler en toute tranquillité aux autres problèmes qui agitaient l'État...

Jusqu'au jour où un lecteur indigné écrivit au *Times* pour lui signaler la présence inadmissible d'un gros chat blanc aux moustaches attentives, qui déambulait comme chez lui parmi les articles du département de l'alimentation chez « Jameson and Greenville ».

TRIO EN CHAMBRE

Passé le Graben, les monuments de Vienne dépouillent l'allégresse hautaine qui donne à cette ville, toujours en deuil d'un archiduc, l'air d'une veuve joyeuse qui ne saurait pas sur quel pied danser. Les faubourgs respirent un bonheur moins tourmenté et leurs maisons, au coude à coude, retiennent de calmes vertus bourgeoises autour des fontaines. C'est dans l'une d'elles, à l'enseigne de Dieu sait quoi, que le ménage Nissen abritait sa retraite aux environs de 1800.

La pente douce qui avait rapproché cet homme et cette femme, une absence de talent particulier, cette bonne conscience qu'engendrent des rentes honnêtes, leur auraient assuré des soirées aux bougies pour le restant de leurs jours si le mince fantôme du premier mari de Mme de Nissen n'était venu se glisser entre eux avec une insistance que favorisaient, en général, le crépuscule et le murmure du vent dans la forêt viennoise.

Ce troisième homme, ce « petit homme », comme l'appelait autrefois Constance, était un musicien du nom de Mozart, dont les sociétés philharmoniques, l'orchestre impérial à l'occasion et même quelques ensembles privés ne dédaignaient pas d'exécuter encore certaines compositions sur les promenades publiques, à l'Opéra, derrière les façades des palais aux lourds rideaux tirés.

Il était mort quelques années plus tôt par un soir de tempête, de tempête de neige il est vrai, circonstance qui feutre la douleur, relègue l'âme à l'extrémité des orteils et efface la trace des corbillards. La veuve, rentrée opportunément de Baden où elle prenait les eaux, avait d'abord voulu s'étendre contre le corps de ce jeune époux pour mourir avec lui. Le matin venu, jugeant sans doute qu'elle lui avait fait suffisamment escorte au long d'une vie besogneuse et misérable, elle l'avait laissé s'en aller tout seul dans l'équipage des pauvres jusqu'au cimetière Saint-Marx, où on l'avait précipité dans la fosse commune et proprement égaré dans un fouillis de dépouilles anonymes. Une autre femme que Constance Mozart, faute de savoir son mari quelque part, aurait eu tendance à le retrouver partout. Celle-ci, après avoir établi un inventaire rapide des partitions du défunt, comme on compte le linge : 619... 620... (où diable était-il allé chercher tout cela !), se contenta de prendre un pensionnaire pour parer au plus pressé et, pressée à son tour, finit par l'épouser.

Georges de Nissen était un diplomate danois et confortable, décoré des ordres mineurs, qui portait un habit bleu et le visage un peu mou des personnages de la fin du XVIIIe siècle, quand aucune passion ni quelque grande infortune ne viennent les inspirer. Mais il n'était pas dépourvu de sensibilité et l'on peut croire qu'un léger pinçon de gêne et de curiosité le poignait devant les affiches, lorsque l'annonce d'un concert ou d'un opéra ressuscitait en ville la mémoire de celui qu'il avait supplanté dans l'esprit de Constance. Moins délicate, celle-ci ne s'étonnait de cette vogue posthume que pour en percevoir la dîme, un peu tardive à son gré. Dans ces moments-là M. de Nissen ne pouvait s'empêcher de regarder d'un autre œil cette personne dont le regard en boutons de bottines et le museau vif évoquaient ces belettes gracieuses auxquelles l'imagination se plaît en vain à prêter des secrets qu'elles ne possèdent pas.

— Parlez-moi de Wolfgang, lui demandait-il.

— Il était si bon, répondait-elle, on ne pouvait lui en vouloir.

— Lui en vouloir ? Alors que son nom commence à courir l'Europe et sert de passeport aux musiciens de beaucoup d'États !

— Quand ce nom était encore le mien, la moitié de notre mobilier était au mont-de-piété, nous ne soupions que d'un fruit et d'une goutte de vin et le manque de bois à flamber nous obligeait à danser dans notre chambre pour nous réchauffer. Je dois reconnaître qu'il dansait divinement, jusqu'à ce qu'une sueur glacée inondât son front. Alors, il m'appelait : « Shabla Pumfa », me disait d'autres enfantillages, puis il se remettait au travail pour le reste de la nuit. Chaque aube ramenait un créancier.

— Que n'empruntiez-vous ?

— Nous empruntions, mille florins au début... trois à la fin. A peine le prix d'un bon repas à *La Couronne de Hongrie* ! Encore cet argent contribuait-il le plus souvent à nourrir un flûtiste en détresse. Il aurait préféré mettre son foyer sur la paille plutôt que de renoncer au plaisir de se montrer généreux. Il n'avait aucun sens pratique, refusait des leçons aux élèves qui lui déplaisaient, négligeait de faire payer les autres, tenait tête aux gens de qualité et, pour avoir trop escompté de son prochain et de soi-même, il me revenait ensuite dans une désespérance absolue, qu'une simple plaisanterie suffisait naturellement à dissiper. Surtout, n'allez pas, vous aussi, me dire comme Monsieur Haydn que Wolfgang avait du génie : je ne vous croirais pas. Parce que le génie, sur cette terre, c'est encore d'arriver à vivre décemment...

Sur ces paroles, Constance, la mine en veilleuse entre deux chandeliers, se replongeait dans ses livres de comptes, ces comptes qu'elle n'avait jamais pu, ni voulu tenir du vivant de Mozart, quand elle était encore à l'âge des rubans et des béguins de dentelle et qu'elle jouait à se faire mesurer le mollet par les godelureaux de passage.

A cette époque, l'incompréhension n'apportait pas en elle-même la présomption du génie. Dans les débuts, le propos n'effleura pas Georges de Nissen de persuader sa femme qu'elle avait épousé, en premières noces, un maître éternel de la musique. D'ailleurs lui-même n'en était nullement convaincu. La prodigalité insouciante de Wolfgang, cette fierté sans cesse prête à s'attendrir, cette impatience déchirante d'apprivoiser le monde et d'être charmé par lui, étaient peu familiers au conseiller de légation danois. Quant aux signes extérieurs de la réussite, il faut bien reconnaître qu'ils avaient fait cruellement défaut. Ce Mozart, après tout, n'avait jamais été qu'un pianiste exceptionnel, un baladin qui s'en allait jouer dans les cours — les cours princières s'entend —, un virtuose dont les tours et l'humeur avaient lassé le public, découragé les protecteurs, éloigné les amis. Peu après son arrivée à Vienne, Nissen avait assisté à une représentation de *La Flûte enchantée* qu'on reprenait assez fréquemment et à certaines séances de quatuors en chambre, auxquelles Sussmayer, l'élève préféré de Mozart l'avait convié, avec une répugnance manifeste : ces accents radieux, cette tendresse exquise, cette ascension calme vers la lumière, sans l'émouvoir beaucoup, lui avaient du moins donné l'impression réconfortante que le premier mari de Constance n'avait pas été si malheureux que cela. A la suite des autres, il avait pris volontiers sa gravité pour de la mélancolie, sa gaieté pour de la frivolité, sa sérénité pour de l'indifférence, et n'avait pas su, lui non plus, prêter l'oreille au partage d'un cœur.

Mais il y avait au grenier une malle poussiéreuse, remplie de lettres, de manuscrits et de menus bibelots. Elle exerçait sur Georges de Nissen une attirance qu'on expliquera par les détours d'une jalousie vague et d'un obscur sentiment de solidarité. Un jour que Constance, faisant le ménage, avait par mégarde brisé l'unique masque mortuaire de Mozart et en avait jeté les débris aux ordures, le sentiment incertain d'un péché originel envahit son mari, qui se résolut à forcer la serrure.

Des trésors contenus dans ce coffre, il négligea d'abord la pacotille des gilets brodés, des archets dépeignés, des bijoux de trois sous. Pendant longtemps, seule la correspondance le retint. De ces lettres montait un appel au secours : ce n'étaient que déceptions converties en éclats de rire, humiliations surmontées dans le détachement, tristesses estompées par une douceur inépuisable, amours dévorantes masquées de pudeur, hantises de la mort lucidement domptées.

Du coup l' « adagio » rêveur, l' « andante » mélancolique, l' « allegro » bondissant, prenaient un tout autre sens, où s'accusait le double divorce d'une vie et d'une œuvre, d'une œuvre et d'une société indigne de la recevoir... Et Constance n'avait rien vu !

M. de Nissen, ce soir-là, contrairement à son habitude, agita de nombreuses réflexions. La péripétie singulière qui, par l'intermédiaire des objets matériels, venait de faire de lui le premier mozartien, n'exigeait-elle pas qu'il convertît à sa religion la veuve de Mozart ?

— « M'aimez-vous bien ? »

Constance leva la tête au-dessus de son ouvrage. Depuis le souper, Georges n'avait fait qu'aller et venir de la table à la fenêtre, où il pianotait contre la vitre, l'air absent, comme Wolfgang autrefois, quand il composait en attendant son tour de jouer aux quilles ou au billard, et le ton était étrange.

— Qu'est-ce qui vous prend, mon ami ? Bien sûr, je vous aime.

Elle oubliait que cette question, moins espiègle qu'on croit, c'était l'interrogation anxieuse que le petit Mozart posait jadis en manière de condition préalable aux adultes qui le pressaient de s'installer au clavecin. Si la réponse était satisfaisante, son père recouvrait le clavier d'un morceau d'étoffe et le prodige s'accomplissait. Le bambin au visage méditatif exécutait à l'aveuglette des pièces galantes à la mode, puis s'abandonnait à de mystérieuses improvisations, ses larges yeux agrandis encore par l'éclat des torchères. Il était âgé d'à peine six ans et déjà il errait d'une ville à l'autre, accablé par son talent, considéré comme une bête curieuse, mêlé à l'aventure audacieuse des gens de théâtre en perpétuel exil.

— Je sais, dit Constance. Mais je crois pouvoir vous affirmer que, malgré les maladies contractées en route et les accidents de croissance qui l'empêchaient toujours un peu de se développer, il aimait cette période de sa vie qu'il avait traversée comme un prince des enfants dans un bel habit d'or. L'impératrice Marie-Thérèse l'avait pris sur ses genoux et les filles des rois étaient ses amies. A treize ans, il était académicien à Milan et chevalier à Rome. Le Saint-Père l'avait nommé dans l'Ordre de l'Éperon d'Or. Croyez-vous, mon ami, qu'il ne portait pas sa décoration, sinon pour la moquer ?

M. de Nissen, dont la poitrine battait la breloque, crut un instant que sa femme voulait le provoquer. Mais non : Constance n'était qu'une comptable soucieuse du Doit et Avoir.

— Gluck, lui, portait sa décoration, poursuivit-elle, et cela n'a pas empêché sa musique d'avoir du succès. Il touchait une pension de deux mille florins comme compositeur de la Cour.

Quand Wolfgang occupa le même poste, on ne lui en donna que huit cents. Voulez-vous me dire pourquoi, sinon parce qu'il prétendait triompher sans un effort d'accommodement ?

Les événements qui venaient de se produire à l'ouest de l'Europe avaient instruit M. de Nissen de l'imminence d'un bouleversement des valeurs. Se pouvait-il qu'il existât aussi des révolutions dans la musique ? Jamais, depuis qu'il était entré dans la complicité de Mozart, aucun concerto, aucune sonate, aucune symphonie, voire aucune messe, ne lui avait apporté un tel sentiment de plénitude joyeuse, qu'il accueillait maintenant et multipliait avec complaisance.

— Constance, ma chère, c'est d'abord comme un bain, cela vous enchante et vous enveloppe. Puis l'esprit est touché par l'agencement harmonieux et varié des idées. Mais cela n'est rien : l'âme est atteinte à son tour et quitte ses liens pour tendre vers des sommets justes, paisibles et beaux.

— Je n'ai jamais très bien ressenti tout cela, répondit-elle, je n'aime que le style fugué.

M. de Nissen n'ignorait pas que Mozart avait dédié à sa femme six fugues, le charmant *Trio du Ruban*, la somptueuse et terrifiante *Messe en ut mineur.* Mais aucune de ces compositions n'était achevée, comme si cet artiste, dont les œuvres les plus accomplies portaient en filigrane un prénom de jeune femme, avait été découragé en chemin par le morne écho que lui renvoyait sa chère compagne. Bien qu'il sût la place démesurée que Constance avait tenue dans la vie de Mozart, M. de Nissen ne put se retenir de lui demander :

— Croyez-vous qu'il vous aimait ?

— Sans doute, dit-elle, puisqu'il était tendre et jaloux. Il se complaisait à me distraire quand il était près de moi et s'inquiétait si nous étions séparés. Mais la musique venait d'abord ; elle prenait la meilleure part et me laissait là comme une borne.

— Êtes-vous bien sûre que, de son côté, il n'était pas malheureux ? L'homme qui a écrit *Cosi fan tutte*, cet opéra de l'inconstance féminine, ne pouvait avoir le cœur tout à fait en repos.

— Quoi ! je serais Dorabella ?

— Comme vous êtes certainement cette Constance de Belmont que son amant s'en va quérir à travers les périls dans *L'Enlèvement au sérail*.

— Georges, ne plaisantez pas. J'étais simplement celle qui se relevait pour lui porter à boire après minuit.

— Non. Vous marquiez les limites du monde précis, au seuil d'un univers où nul à part lui ne s'est jamais aventuré. Vous étiez son refuge contre l'angoisse, sa bonne pesanteur et son intimité.

Constance sourit, flamba un moment à l'évocation retrouvée :

— Je me rappelle, dit-elle, c'était à Prague, quatre ans avant sa mort. Nous n'étions pas descendus dans la maison de son amie Duschek chez laquelle on s'amusait tant — rassurez-vous, si j'avais dû être jalouse !... — mais à l'hôtel des Trois Lions d'Or. La veille de la première audition du *Don Juan*, Wolfgang me fit part de son désir d'en écrire l'ouverture dans la nuit et me demanda de rester près de lui pour le tenir en bonne humeur. Selon une habitude que nous avions, je lui racontai des histoires amusantes telles que celle de « La lampe d'Aladin » ou d' « Ali-Baba », qui le firent rire aux larmes. Mais je voyais que sa tête dodelinait, si bien qu'il sommeillait chaque fois que je me taisais. Le travail n'avançait guère, je le priai de s'allonger sur le canapé et lui promis de le réveiller au bout d'une heure. Il dormait si profondément que je n'osai le faire lever. Le copiste arriva au matin. Le soir même, l'orchestre de l'Opéra de Prague l'exécutait à première vue.

Nissen demeura songeur. Avec surprise, il s'aperçut qu'il eût aimé partager ces aventures dont le caractère lui semblait soudain moins extravagant que digne d'estime et d'amitié, en quoi il prenait de l'avance sur son temps.

— Et vous, dit-il enfin, l'aimiez-vous ?

— Je crois, fit Constance, je crois que j'ai aimé

Wolfgang. Il m'était apparu à Mannheim, à son retour de France. Il venait d'y perdre sa mère, qui l'avait accompagné et en était morte à force de solitude, de misère et de dépaysement. La souffrance qu'il en avait ressentie l'avait prémuni contre tous les chagrins à venir. Mais il était transfiguré aussi par la joie de revoir ma sœur aînée Aloysia, avec laquelle il se croyait fiancé. Celle-ci ne l'avait pas attendu et ne lui farda pas la vérité. Mon Dieu, je le reverrai toujours planté au milieu du salon avec sa tête trop grosse pour son petit corps, son long nez, ses yeux immenses et cette livrée rouge de l'archevêque de Salzbourg, au service duquel il était plus maltraité que les valets de chambre. Que croyez-vous qu'il fit ? Il se contraignit à sourire, puis, se précipitant au piano-forte, il improvisa sur-le-champ quelques couplets peu élogieux en l'honneur de ma sœur. C'est à partir de ce moment qu'il cessa de m'être indifférent...

Constance revoyait ce garçon qui venait s'asseoir dans la cuisine de sa mère et s'enchantait de la moindre facétie.

Mozart avait alors vingt-cinq ans et il avait écrit la moitié de son œuvre. Qui s'en souciait ? A part quelques anciens amis de la famille, un couple de mécènes intermittents, un vieux maître de chapelle italien et trois ou quatre mélomanes sincères, chacun s'ingéniait à ne plus le reconnaître. Les portes se refermaient, les chandelles s'éteignaient devant l'enfant prodige parvenu à sa maturité et nul ne pressentait qu'une âme fastueuse habitait cette petite redingote verte qui lui faisait, dans ses mauvais jours, la silhouette d'un apprenti-tailleur. Il vivait dans la douleur l'âge ingrat d'une carrière trop tôt commencée et qui devait s'achever trop tôt également. Pour longtemps, l'enfant gracieux qu'il avait été allait masquer le prince en lui et l'étouffer. Aux fêtes galantes de cette fin de siècle, le génie le plus travesti de l'Histoire n'apparaissait plus que sous les traits d'un mendiant hautain et nostalgique. A peine l'y recevait-on au salon pour mémoire, avant de le renvoyer aux courants d'air.

Les parents de Constance avaient de nombreuses filles et peu de scrupules. M. Weber, copiste en chambre et souffleur à l'Opéra, s'ingéniait à caser ces demoiselles dans son entourage, comme des billets de faveur. Il était assez au fait des rumeurs de coulisses pour apprécier l'estime dans laquelle les gens de métier étaient obligés de tenir les talents de Mozart. Il résolut de se l'annexer pour gendre. Wolfgang, rêveur déjà sur le retour, et dont les illusions jonchaient le sol, trouva une manière d'asile dans cette famille tumultueuse. Il la suivit à Vienne et s'attacha à la plus insignifiante du lot, cette Constance tyrannisée par les siens à l'égal d'une Cendrillon, chez qui un assez joli tempérament de garce eût couvé sous la cendre. Mme Weber, qui demeurait hostile à toute forme de musique mais sifflait magistralement le moindre petit vin de pays, s'avisa du parti qu'elle pourrait tirer de cette prédilection. Entre deux verres, elle extorqua au jeune musicien à la dérive une promesse qui l'enchaînait pour la vie. Sinon, il verserait à Constance une rente annuelle de trois cents florins en dédommagement de ce qu'il l'eût, paraît-il, compromise.

C'est une justice à rendre à Constance qu'elle s'insurgea contre le marchandage dont elle avait été l'objet et qu'elle se prit à détester sa mère. Mais c'est une justice à rendre à Mozart qu'elle mit tout en œuvre par la suite pour ressembler le plus possible à celle-ci.

La cupidité, la futilité, les négligences de Constance ne parvinrent pourtant jamais à la retrancher de Mozart. Celui-ci eut le goût d'épouser jusqu'au bout ses moindres caprices et, faute de l'appeler dans son royaume, s'efforça de la rejoindre sur son propre terrain et de lui rendre plus belle cette province plate à laquelle sont voués les cœurs disgraciés.

— Partager ses heures, dit une fois M. de Nissen, ce n'était pas forcément le mieux connaître. Le gentil compagnon, le jouisseur amoureux des carnavals, le bouffon dont les pirouettes expirent dans une quinte de toux, ne reflètent que les attributs mineurs de votre immense « petit homme ». Ce sera la honte de notre temps et le remords de nos descendants qu'il nous ait été permis d'ignorer tout le reste.

— Qu'entendez-vous par ce reste ? demanda Constance. Vous voulez sans doute parler de ces absences soudaines qui l'isolaient au milieu d'une réunion d'amis ou de cette peur panique de la mort qui l'éveillait en pleine nuit et le laissait au bord du silence, attentif et suspendu, comme si, tout à coup, il n'avait plus vécu que pour lui-même. S'il en va ainsi, je vous avoue que ce reste n'était pas très divertissant.

— Peut-être, dit M. de Nissen, peut-être Mozart a-t-il été effectivement comblé par le seul fait qu'il existât, peut-être se suffisait-il à soi-même dans cette vie parallèle qu'il menait sous vos yeux et qu'il a remplie entièrement. Les seuls échos que nous en ayons tiennent dans cette musique assurée et tendre, où nul souci du quotidien ni de l'éternel ne transparaît. Cet être léger, ce ludion, ne connaît pas le doute, il tutoie Dieu.

Constance regardait M. de Nissen et s'effarait de son exaltation qu'elle jugeait incongrue. De cette période tour à tour joyeuse et tourmentée, elle conservait surtout le sentiment de son mérite personnel, celui d'avoir accompli un long chemin au côté d'un cavalier seul.

— S'il a jamais tutoyé Dieu, dit-elle, c'est à la façon des oiseaux. On ne savait jamais sur quelle branche il se poserait, de longues migrations l'éloignaient de moi et il est possible qu'échappant à mon œil, il eût atteint au ciel. Mais j'en eusse été la première prévenue. Croyez-moi, c'était un oiseau en quête d'un nid et si je ne parviens pas, malgré vos injonctions, à le considérer comme un maître, c'est parce que je l'ai trop connu semblable à un enfant. Et d'abord, qu'est-ce que ça veut dire, un maître ?

— Ça veut dire, répondit M. de Nissen, que l'univers est plus riche depuis que Mozart y a séjourné. Peut-être l'ignorons-nous encore. Nous ne connaîtrons l'étendue et la diversité de l'héritage que nous venons de faire que quand nous aurons appris à déchiffrer patiemment ce langage que nous sommes incapables d'entendre aujourd'hui dans son intégralité. Alors chaque homme y trouvera une clef pour chaque jour. J'aurais aimé, chère Constance, que nous fussions les premiers.

Durant les soirées qui suivirent, M. de Nissen continua de s'entretenir avec Constance, appliquant un zèle, presque contre nature, à la convertir à cette évidence flatteuse qu'elle avait accompagné et entouré de ses soins le génie le plus pur et le plus cher à l'humanité, un petit frère sublime pour tous les fils uniques, un bâton de jeunesse pour toutes les âmes chancelantes. Il la conduisit aux concerts et à l'Opéra, où elle cessa de faire sonner trop haut ses prétentions de veuve abusive pour se cantonner dans une méditation affligée et ardente, qui lui valut une pension du roi de Bavière. Cette consécration matérielle, l'atteignant au point sensible, fit lever les restrictions amères qu'elle maintenait dans son for intérieur. Elle encouragea son fils cadet Wolfgang, né l'année même de la mort de Mozart, à se consacrer à la musique et le remit aux mains de Joseph Haydn. Ainsi espérait-elle que tout allait recommencer et qu'elle accéderait à la postérité des égéries et des muses civiles, confortablement calée entre le père et le fils. Qu'il s'éloignait brusquement le temps où elle déménageait le manuscrit du *Requiem* d'un placard dans l'autre afin que Mozart, chaviré d'énervement, ne pût le mener à terme !

Néanmoins, à travers ces manifestations les plus extérieures, un cœur se prenait à battre. A force d'aller si souvent à la messe à laquelle la conviait M. de Nissen, Constance finit par croire. Sa conviction ne s'alimentait pas encore dans les cantons profonds de son être, à supposer qu'ils existassent, mais, telle quelle, à fleur de peau, elle lui arrachait parfois les accents de la sincérité.

Un jour — celui où commence et finit cette histoire — ce fut elle qui éveilla, pour la première fois, cette lueur à laquelle s'éclairait maintenant le crépuscule de leur âge :

— Georges, je vous ai dit, je ne sais plus quand, que Wolfgang était un oiseau.

— Oui, et des plus insignifiants, si je ne m'abuse.

— Il se peut que je me sois trompée. Et voici pourquoi. Quelques heures avant sa mort, Wolfgang, cloué au lit depuis deux semaines par des syncopes successives, éprouva un léger mieux-être. Ses lèvres, jusqu'alors scellées, s'entrouvrirent et il demanda qu'une répétition de son *Requiem,* encore inachevé, eût lieu autour de son lit. On convoqua les chanteurs, lui-même exigea de tenir la partie d'alto. Aux premières mesures du « Lacrimosa », vous savez : la-la, la... il éclata en sanglots. Pour le consoler, nous lui dîmes qu'il se déroulait, au même instant, une représentation de sa *Flûte enchantée* au théâtre Auf der Welden. Cette évocation parut le rasséréner. Il sourit et jamais ses trente-cinq ans ne lui pesèrent moins. Il demanda sa montre pour mieux suivre le déroulement du spectacle, fredonnant les morceaux au fur et à mesure... Le premier acte s'achevait. On en arrivait au chant de Papageno, quand Wolfgang éleva soudain la voix et murmura distinctement...

Constance paraissait hésiter au seuil d'une confidence capitale.

— Dites-le, continua M. de Nissen, dites-le donc...

Mozart, à cet instant, était entre cet homme et cette femme, comme il le serait toujours pour des générations futures, dès qu'un homme et une femme tenteraient de se rapprocher : un prisme pour les lumières de l'âme, un velours pour les démarches du cœur.

— Alors, dit Constance, et ce furent ses dernières paroles, il murmura : « Je suis l'oiseleur. »

MIDI A QUATORZE HEURES

La veille, son éditeur lui avait donné de l'argent pour aller chez le coiffeur. A ce signe infaillible, un écrivain, sous toutes les latitudes, reconnaîtra qu'un prix littéraire ne va pas tomber loin. Les condamnés à mort sont également sensibles à ce genre de présage. Sans qu'aucune parole eût été prononcée, Abel Perrin avait compris que son premier roman, enfin publié, conservait une chance de lui valoir le « Minerva », fabuleuse récompense décernée dans quelques heures par une dizaine de dames sorties tout armées du cerveau de Jupiter. Et, par ce fier matin de novembre, fidèle à un propos mûri dans l'insomnie, Abel, singulièrement étonné de se trouver en état d'alerte à un moment aussi précoce, portait ses pas furtifs vers l'église Saint-Thomas-d'Aquin. Cette basilique de l'édition l'absorba avec un bruit de soufflet.

Pénombre, cierges, messe basse. La nef était

déserte, à l'exception de quelques mannequins de chiffons où l'on devinait des paroissiennes routinières, jalousement disséminées comme dans l'antichambre d'un dentiste. Abel prit rang sous la clarté d'un vitrail, qui estampillait son retour d'enfant prodigue. Le goût de la victoire l'avait surpris dans la nuit et une vocation profonde l'incitait à appeler sur son camp la sollicitude divine :

« Seigneur, me revoici après une longue absence. Nous ne nous sommes pratiquement pas revus depuis ma confirmation, sauf à des mariages et à des enterrements où l'on ne peut pas se parler tranquillement. Vous savez sans doute que je me gouverne assez mal mais que je ne suis pas le mauvais cheval, même si je me dérobe trop souvent sur l'obstacle et pas assez aux tentations. Du moins, ai-je les mains de l'innocence, celles qu'il appartient précisément à la Providence de remplir. Vous penserez qu'il est bien dans ma manière de ne venir Vous trouver que lorsque j'ai un service à Vous demander. C'est que moi, au fond, j'ai confiance, je sais que rien ne se fait sans Vous. Cela devrait me désigner pour Votre candidat au prix Minerva, de préférence à Delville, qui est déjà celui des marquises, ou à Merguez, qui s'ingénie dans le scepticisme le plus épais. Leurs équipages ne sont pas de ceux qui abordent à Vos parvis. Si je Vous demande de prendre mon parti en cette occurrence, où il y a des millions à gagner qui peuvent changer une vie, c'est que j'ai su demeurer un petit piéton léger comme Vous devez les aimer... » Ayant ainsi murmuré, Abel se retrouva l'âme naïve, persuadé que sa défaite ne pourrait signifier qu'un échec improbable de Dieu.

La Communion tintait en sourdine. On vit se lever une des vieilles femmes, un homme plutôt, un veuf sans doute, ou l'un de ces lourds pécheurs de l'aube au dos voûté par le fardeau d'une existence mal accordée, le visage enfoui dans le gilet. Quand cette créature regagna son banc à tâtons, transfigurée par une rumination sublime, Abel reconnut Merguez. Le ciel s'effondrait. Il avait bonne mine le sourire de Voltaire chez cet esprit fort travesti en bigote ! Voilà comment un athée fringant se changeait en un pâle bedeau à la moustache avantageuse, dont la bouche confite s'arrondissait comme un zéro sous le trait d'une addition. La cinquième colonne était dans le temple. Écœuré, Abel amorça son repli.

— Alors, cher Abel Perrin, déjà fini ?

D'abord interloqué, il découvrit le jeune Charles-Albert Delville dans cette silhouette détachée d'un pilier. Ce dandy avait toujours fait preuve à son endroit d'une désinvolture affable qui l'humiliait un peu.

— Que faites-vous donc ici ?

— La même chose que vous, répondit Delville en souriant.

— C'est quand même extraordinaire, fit Abel d'un ton piteux, Merguez est là, lui aussi.

— M. Homais au pied des autels, on aura tout vu ! Eh bien, c'est là probablement ce qu'on appelle une chapelle littéraire. D'ailleurs, regardez...

Sur les bas-côtés, les veilleuses des sanctuaires distrayaient à une clandestinité pudique des ex-voto flanqués de porte-plume patinés comme des béquilles : « Alleluia ! Mon livre marche — P.G. 15.9.57 » ; derrière la statue d'Edmond et Jules, apôtres : « Merci pour le Goncourt — N.R.F. » ; contre le socle de la statue de saint Antoine de Padoue : « J'ai retrouvé ce que j'avais perdu — Marcel P. » ; ailleurs, la gratitude d'un miraculé : « Pour une avance obtenue sur mes droits — un auteur. »

— Si ça vous amuse, dit Charles-Albert, nous allons attendre notre ami Merguez à la sortie pour célébrer ce que nous considérerons comme sa première communion.

Les trois hommes se retrouvèrent sans plaisir devant le zinc d'un proche bougnat. Jamais ils n'avaient trinqué ensemble. Quelqu'un eut la sottise de dire : « Quel filon pour un échotier ! » Le sourire volontiers cynique de Merguez, furieux de s'être laissé surprendre, se rétrécit davantage. Pour Charles-Albert Delville, il allait d'évidence qu'il ne prenait pas ses aises hors des bars à la mode. L'un et l'autre buvaient des sirops de penseurs. Abel s'enhardit dans l'allégresse des « remettez-nous ça » où nul ne le suivait.

— Parlons franc, leur dit-il, depuis hier, je ne vis pas ni vous non plus. Il est inconcevable qu'une poignée de Nanas ait le pouvoir de nous infliger ainsi la torture par l'espérance. A des amis, je proposerais : formons un consortium. Nous avons chacun un livre dans la course, mettons nos tirages en commun et, quoi qu'il advienne, partageons-en les droits en trois parts égales.

— Vous plaisantez, répondit Merguez, il s'est déjà vendu vingt-cinq mille exemplaires des *Gorges,* qui ne doivent rien à personne.

Son roman s'intitulait en réalité *Les Gorges chaudes* mais il disait *Les Gorges* comme si la chose allait de soi.

— J'ai précisé que ma suggestion n'irait qu'à d'excellents amis, rectifia Abel.

— Et puis, l'argent n'est pas tout, intervint Delville, que faites-vous des prestiges ? En outre, votre entreprise suppose que nous partions à égalité de chances, ce qui n'est pas prouvé. J'aime beaucoup ce que vous écrivez, mais je me demande si c'est très « Minerva ».

Soit ! Dans la journée, la fortune et la gloire farderaient l'un d'entre eux, et il n'y aurait de toute façon qu'un seul lauréat. En attendant...

— Comment comptez-vous tuer le temps jusqu'au verdict ? demanda Abel.

C'était une question de journaliste, elle ne prit pas Merguez au dépourvu. Il plaisanta :

— Puisque vous m'avez démasqué en flagrant délit de dévotion, autant vous dire que je m'alignerai sur mon modèle, le petit saint Louis de Gonzague : comme lui, jusqu'au dernier moment je continuerai de jouer à la balle, entendez par là que je serai à ma table de travail, l'âme sereine, prêt à écouter le téléphone en face.

— Moi, dit Charles-Albert, je vais me recoucher. Si je ne peux pas dormir, mais Turenne y parvenait bien la veille de la bataille, je me brancherai un peu de musique, les *Brandebourgeois* pour changer. Ensuite, j'irai déjeuner avec mon attachée de presse dans un restaurant confidentiel, ainsi que l'exige la tradition, pas trop près, pas trop loin, où nous attendrons devant un peu de champagne qu'un observateur nous communique les résultats. Et vous ?

— Je ne sais pas, répondit Abel, je crois que je vais aller me faire masser.

La condition de candidat à un prix littéraire est délicate, elle appelle le terrier. Mais lequel ? Abel, bien qu'il s'en défende, s'est souvent demandé comment il s'acquitterait de ce rôle pathétique et bouffon où l'appétit des vanités se drape dans une modestie odieuse. Son style, le soin qu'il apporte à sa statue baroque depuis qu'il a rompu avec son travail dans les Assurances, l'inclinerait à des expédients extrêmes : s'égarer en clochard dans des banlieues perdues où des limiers de presse le dépisteraient, échouer fin saoul dans l'arrière-salle d'un bistrot d'où l'on viendrait triomphalement l'extraire, sauter dans n'importe quel train pour ne revenir qu'après sommations... De toute façon, être absent ; et d'abord, de soi-même. Au lieu de quoi, il est allé chez le coiffeur et se tient sur le seuil de cette journée de tapis rouges et de plantes vertes, sobre et parfumé comme un caniche. Il vient donc de décider que l'événement le surprendrait occupé à l'amour, qui demeure un excellent moyen de faire le vide autour de soi, et en soi. Ainsi une certaine pudeur sera sauve : l'impatience est obscène.

Rejoindre une maîtresse, c'est encore s'offrir pour ce qu'on est : un animal anxieux. Il lui faut une compagne qui ne le regarde pas dans les yeux, ignore la combinaison de son visage, quelqu'un qui ne sache pas qu'il attend quelque chose. Il ira chez la seule inconnue qu'il connaisse, cette veuve en blouse blanche dont la présence est désertique.

A son éditeur qui s'inquiète : « On ne se quitte pas ? » Abel répond qu'il a beaucoup à faire. L'autre s'insurge :

— Des bêtises ! Mon vieux, il faut que je puisse vous avoir sous la main.

— Je serai dans un endroit où vous pourrez

m'appeler. Vous entendez une voix de femme un peu rauque. Ne vous affolez pas, demandez M. Abel.

— Malheureux, encore un bar ! Vous allez vous mettre dans un joli état. N'oubliez pas que ces dames passent à table vers treize heures, qu'on risque de savoir quelque chose très vite... Si vous l'aviez, touchons du bois, il serait parfait que vous puissiez arriver aussitôt, enfin mine de rien, celui qui ne se doutait pas...

— Ça tomberait à pic, c'est tout près.

C'était même juste en face du restaurant où les fines perdrix du « Minerva » s'assemblaient dans un salon légendaire, retranché du commun. Si tout se passait au mieux, Abel Perrin n'aurait que la place à traverser, en prenant bien garde de se rajuster.

Au flanc d'une porte cochère, une simple plaque « SOINS ESTHÉTIQUES. Escalier sous la voûte ». Un porche ouvert sur une perspective napolitaine de linges tendus, d'oiseaux en cages, de rigoles grasses et, contre le guichet de la concierge, ce carton superbe : « CLUB DE LA STAR. Entresol. » Quelques marches dans un clair-obscur orienté par une étoile, une lumière permanente au-dessus d'une sonnette consacrée en minuscules par la mention « Masseuse ». Dans l'annuaire, celle-ci figurait sous le nom de Barbezan Vve.

La veuve n'ouvrait jamais sa porte, elle l'entrouvrait. C'était une petite personne mécanique d'une bonne trentaine d'années, le sourire chaud et l'œil froid. Elle fit entrer Abel dans une pièce tapissée d'haltères dérisoires, au centre de laquelle un cheval d'arçon broutait une carpette pelée. De mémoire de client, nul ne s'était servi de ces accessoires.

— Je finis quelqu'un, dit-elle, j'en ai pour une minute. Voulez-vous de la lecture ?

Abel déclina et, dès qu'il fut seul, se dirigea vers une fenêtre découpée en demi-lune au ras du plancher. En se baissant, il pouvait plonger du regard sur la place encore indifférente où un chasseur en livrée rousse se livrait à des évolutions d'écureuil dans la porte tournante du traiteur. Il pensa que sa terreur d'être aperçu dans le coin, traînant ses espérances, l'avait amené sur les lieux un peu trop tôt. Du moins, ici, le manège de la galanterie le garantissait-il contre l'indiscrétion. Il était entré en loge.

Il se fit des bruits de pas dans le vestibule, des murmures feutrés de clinique, puis un silence intolérable... jusqu'à ce que la porte s'ouvrît avec cette brusquerie qui ne manquait pas de faire sauter au plafond le cœur d'Abel. Celui-ci fut invité à passer dans une chambre plus étroite, calme et ripolinée. Un fauteuil nickelé, une banquette recouverte de toile cirée blanche, meublaient ce boudoir ascétique. Quand il se fut étendu, son œil se trouva spontanément au niveau d'une autre fenêtre. Écartant un rideau, il constata cette fois que la féerie était commencée : un car de télévision venait de s'embosser le long du trottoir. Le plus angoissant était que les fées n'allaient pas tarder. « Vous n'avez pas engraissé depuis tout ce temps », disait la veuve.

Abel hésita à la prévenir qu'on allait l'appeler. Mieux valait différer jusqu'au dernier moment pour ne pas compromettre l'ordre artisanal de leurs rapports. Sinon, elle se prendrait à partager son attente et, sans savoir au juste, se croirait obligée à des phrases. Assez d'états d'âme comme ça, laissons-les aux esthètes d'en face. Entre les mains de celle-là, il voulait n'être qu'une matière première, sans autre désir. « Vous désirez les huiles indochinoises ? » proposa-t-elle. Voilà qui remettait les choses au point.

« J'aurais dû venir en fiacre, pensait Abel, mais je me serais fait remarquer. » Abolis les traxators et les vibro-masseurs, il essayait de s'imaginer dans la peau du dernier boulevardier de la haute époque, possédant rond de serviette chez les courtisanes. Les marquises lui fermaient leurs salons mais lui ouvraient leurs alcôves : il était l'homme ! Au regard de cette vie proliférante et secrète, le « Minerva » n'était qu'une anecdote, l'histoire d'un caprice. Cependant, il ne put s'empêcher de consulter la montre dont il était vêtu.

— Vous êtes pressé ? fit la veuve, on ne dirait pas.

Abel luttait désespérément contre son plaisir. La veuve n'avait qu'un geste à faire pour lui signifier son congé et le livrer aux bêtes.

— Vous voulez peut-être regarder mon album ? demanda-t-elle avec à-propos.

La moindre diversion était une aubaine. Elle jeta sa blouse sur ses épaules. Quand elle fut sortie, Abel revint au rideau. Les passants commençaient maintenant à s'agglutiner devant le restaurant où des photographes choisissaient leurs angles ; les soucoupes béantes des flashes posaient des auréoles sur des têtes ; un câble pendait d'un balcon comme le trait qui renvoie à « ma chambre » sur les cartes postales des séjours vacanciers : leur balcon. Abel se donna la répétition de son entrée dans ce décor, cherchant le ton sans conviction. Il reconnaissait des visages dans la foule, des confrères qui n'étaient pas dans le coup, d'anciens lauréats qui ne l'étaient plus. Les présences familières, loin de l'encourager, l'excluaient. Il y avait un monde entre sa nudité et l'appareil rituel qui se développait sur la place. Il s'était mis hors-jeu. La baronne Lepetit, débarquant d'un taxi dans un frou-frou méticuleux, le confirma dans ce sentiment. C'était une fort belle personne qu'on n'aurait pas aimé avoir pour belle-mère. Celle-là ne voterait certainement pas pour lui. La veuve, qui revenait avec ses photographies, lui parut vulgaire.

— Que se passe-t-il ? demanda-t-elle en le rejoignant à la vitre, voilà bien du tapage pour une volaille pareille.

Abel s'aperçut qu'il la voyait, pour la première fois, confrontée à d'autres êtres humains, comme si, d'un mouvement de rideau, il avait ouvert une écluse. Son secret s'oxydait.

— Madame, dit-il, celle-ci est une femme de lettres. Elle a écrit un très beau « Cincinnatus, premier fermier-général » que je regrette de n'avoir pas lu. J'ajoute qu'elle est veuve également.

A cet instant, le public rendait un hommage murmurant à Minou Cavalière, la benjamine du jury, qui posait devant les caméras sous un béret à plume, le sein barré par une gibecière à la Robin-des-Bois.

— Allez donc, lança la veuve, tout ça, c'est du gibier. Regardez plutôt mes petits poulets de grains.

Elle déposa sur le nombril d'Abel une dizaine de clichés où des jeunes femmes se présentaient dans des attitudes provocantes et chastes. Pour gagner du temps, Abel les feuilleta en pensant à autre chose.

— Ce sont des voisines, expliqua la veuve sans trop y croire elle-même, des manucures, des vendeuses, des dactylos. Vous pouvez faire venir celle qui vous plaît sur un simple coup de fil.

« En somme, pensa Abel, elles sont exactement dans le même cas que moi ; seulement, de ce côté-ci de la place, c'est moi qui décide. » Ce renversement de situation lui sourit. Dire qu'au même moment...

« Allons, mesdames, au choix ! » Les yeux au plafond, Abel voyait ces dames du « Minerva » dans leur salon clos. Selon toute vraisemblance, ce jugement de Pâris à rebours allait couronner Delville avec sa belle gueule d'éphèbe, ses voitures de charme, son petit roman de loisirs écrit par un enfant du siècle. L'époque était à ces intellectuels qui promenaient leur culture dans le coffre arrière et possédaient une conduite raffinée du présent, n'allant vite que pour avoir le temps d'être intelligents. Déjà la Lepetit lui semblait acquise, elle l'appelait : « Notre Ariel à réaction. » Elle entraînerait le suffrage de la comtesse de Rouam par solidarité de caste, ceux de Claude Maritz, qui était aventureuse, et de Jeanne Auldaine, qui ne l'était plus mais voulait paraître à la page. Les autres suivraient, à l'exception peut-être de la toujours jeune Roberte Vivien, revenue des bonnes manières, et qui avait renoncé à lire.

La veuve lui flattait les cuisses avec une application imperturbable. Abel considéra son propre corps et n'en fut pas très satisfait : un peu inachevé pour un homme mûr, déjà flétri pour un conscrit.

— Est-ce que je te plais, demanda-t-il.

La question et le tutoiement étaient incongrus. Elle y répondit en le saupoudrant de talc. Il avait sous le nez sa chair, d'une neutralité bienveillante, étonnamment fade. Au fond, Roberte Vivien était plus désirable. Abel, avec son brin de talent et un peu plus d'assiduité, aurait dû connaître davantage de gens, fréquenter aux carrefours et fixer ses étapes parisiennes dans des maisons pour d'autres rendez-vous. Il avait beau se persuader que ce n'était pas un individu qu'on récompensait aujourd'hui mais un livre, une voix lui soufflait : c'est une œuvre. Une œuvre et une carrière. Sur ce terrain, Merguez était imbattable. Toujours sur le pont, à faire le bel esprit dans les réceptions, tenant des conférences, provoquant sans choquer, donnant au bon sens le clinquant du paradoxe et poussant le cynisme jusqu'à aller à la messe s'il le fallait — Mon vieux, c'est un métier ! Son roman d'une société allait mettre tout le monde d'accord. Il avait dans une chronique récente louangé la dernière pièce de Marie Fonteneau qui ne manquerait pas de lui rendre la monnaie de sa pièce et Jeannette Romestant avait dîné chez lui. Léopoldine Henrioud, qui avait connu Anatole France, se rallierait à son style jovial. Il était suffisamment bel Homme pour plaire à Jacqueline Carlier... Et le tour serait joué. Abel envisageait mal comment, dans ce concert, une voix pourrait s'élever en sa faveur. Les femmes étaient partout les mêmes et la veuve avait dit vrai : du gibier. Devant lequel il ne fallait pas fuir, ni trembler.

— Redonnez-moi votre album, s'il vous plaît ?

Celles-ci payeraient pour les autres.

Mais la veuve, qui voulait en finir, n'y allait pas de main morte. Avec une grande exaltation, Abel commença à s'anéantir...

La sonnerie du téléphone les remit debout en même temps.

— Si on demande Monsieur Abel, balbutia Abel, c'est pour moi. Je me suis permis de donner votre numéro.

— Vous comptez peut-être vous installer ici, dit froidement la veuve. Allô !... Ne quittez pas.

Elle posa le combiné dans sa direction. Abel se rua sur une cigarette par fétichisme. Le tournant de son existence était inscrit sur cette courte ligne droite de linoléum qu'il allait franchir dans le plus parfait dépouillement. Déjà la veuve repliait ses onguents en l'observant à la dérobée. Il saisit l'appareil et se tourna vers la fenêtre : au-delà des mousselines, la façade du restaurant dans une sorte de vapeur faisait au drame une toile de fond exactement cadrée.

La voix de son éditeur avait su trouver le timbre juste, qui l'apaisa d'entrée. « Rien n'est joué, disait-elle. Elles n'ont encore voté qu'une fois. On ne sait pas comment, mais elles semblent loin de dégager une majorité. On s'attend à de nombreux tours de scrutin. Surtout, ne bougez pas ; elles s'apprêtent à remettre ça. Et vous, ça va ? »

Ça n'allait plus du tout. La veuve achevait maintenant son ménage et bientôt, il n'aurait plus rien à faire ici, où il se sentait d'un seul coup profondément las et démobilisé. Dehors, croisait une faune de chroniqueurs gloutons, d'indicateurs des lettres aux yeux gyroscopiques.

— Eh bien, vous ne vous rhabillez pas ?

Abel se dirigea d'une démarche traînante vers ses vêtements, sa bure de lauréat en complet-veston et la cravate au cou. Puis, se ravisant :

— Si l'on remettait ça ?

La veuve eut un haut-le-corps :

— Je me serais volontiers préparé une tasse de thé ; j'attends du monde, cet après-midi.

— Parfait, dit Abel, allez-y. Je ne suis pas à une minute près. (Plusieurs tours de scrutin, on voit bien qu'Elles n'étaient pas à sa place !)

— Enfin, soupira l'autre, étendez-vous. Après tout, c'est le paradis de l'homme ici, il est le patron.

— Parce que vous croyez vraiment que c'est lui qui décide, dit Abel avec un sourire ambigu.

La veuve, contre sa couchette, pressait un flanc aride. L'assaut de ce volcan éteint lui apparut au-dessus de ses forces.

— Laissez, dit-il, changement de programme : on va appeler une de vos petites copines.

— Il serait temps, tout le monde déjeune. Laquelle est-ce que je dois faire venir ?

— Chacune a sa chance.

— Ne cherchez pas midi à quatorze heures. (Tiens, nous y sommes justement.) Je vous conseille Nadia.

— Pas de pressions extérieures. N'oubliez pas : le paradis de l'homme. Désormais, c'est ma voix qui compte. Question d'esthétique...

A moi Nadia, Tania, Sonia, Carmen et autres Ketty ! Abel, avec une espèce de jubilation, retrouvait le sens de la vie d'un Gengis-Khan ou d'un La Guillaumette, celle des grands harems de Pont-à-Mousson. La veuve considérait sans perplexité ce client, à peine plus étrange qu'un autre, sinon par l'objectivité scrupuleuse qu'il apportait à son choix. « On doit me rappeler, avait-il dit, je n'y suis pour personne. Si l'on a besoin de moi, on me trouvera bien assez tôt. Précisez que je suis en délibération et qu'il y a ballottage. » Elle avait souri à ce qu'elle prenait pour une ruse d'homme d'affaires.

Le nez chevauché par des lunettes, Abel examinait à tour de rôle chacune des effigies distribuées sur la banquette comme un jeu de tarots. Il en avait déjà éliminé une demi-douzaine et la sélection s'avérait plus ardue. Pour qui voulait bien lire entre les lignes de cette silhouette tiède, la litote du sourire, l'ellipse d'un cache-sexe, recouvraient mal chez Nadia la banalité de l'intrigue. Chez Ketty, en revanche, la minceur du sujet mettait en relief la pureté du style. Mais pourquoi cette hyperbole au chapitre de la poitrine ? Le nez refabriqué de Tania déroutait comme un néologisme dans son visage classique. On n'était pas tenté de couronner la plantureuse Carmen pour l'ensemble de son œuvre.

— Ce n'est pas une année exceptionnelle, fit Abel.

— On dit toujours cela, répondit la veuve.

Alors que sonnaient quatorze heures, les dames du « Minerva », après vingt-sept tours de scrutin, trompèrent leur monde en attribuant le Prix à une petite bergère du Cantal qui avait écrit un roman de science-fiction. Celle-ci, un peu perdue dans le quartier, déboucha sur la place en même temps qu'une nommée Irma à qui elle avait demandé son chemin et qui, ça tombait bien, avait justement été appelée en face.

Comme toutes deux étaient très pressées, là se séparèrent leurs destins.

L'Été

POSTERIORES TERRAE[1]

Le vent, qui soufflait depuis la côte, entremêlait la cime noire des pins. Sous les pas de Lucien la jonchée craquante des aiguilles s'éveillait à une vie distincte, chaude et souple, dont l'haleine flattait la démarche du revenant. L'homme s'arrêta et le silence s'établit, rompu à intervalles par la rumeur déchirante des longs fûts écailleux, ce gémissement d'un mât dans la tempête, ce halètement d'un univers en partance, tirant sur ses amarres.

« Tout fout le camp », pensa-t-il avec la légèreté des personnes de la ville, dont il lui fallait se déprendre, à chacun de ses séjours. Son

1. On a voulu traduire ce titre par : les culs terreux. Il va de soi que pour l'auteur, fortement influencé ici par François Mauriac, dans la relation d'un fait divers authentique, *Posteriores Terrae*, ce sont ces « terres ultérieures », consenties à l'homme après le Péché originel pour y gagner son pin à la sueur de son front.

père, le vieux Récaborde, ne la tolérait pas. Elle faisait éclater la disgrâce maussade de Cyprien, son frère aîné ; elle allumait une lueur suspecte dans le regard de Mathilde, sa belle-sœur. Les enfants mêmes considéraient avec une frayeur ravie cet oncle jeune encore, dont ils ne soupçonnaient pas qu'il recelait sous une étoffe le même sang qu'eux, un peu plus fourbu si possible.

Le sentier amorça un coude. La confusion des fougères s'éclaircit. Lucien découvrit sans émotion la vaste bâtisse où il était né et que les gens du village, par religion traditionnelle, appelaient « le château ». Au moment de s'engager dans l'allée principale, distraite à un labour épais, il aperçut une silhouette noiraude courbée sur une bécane de femme. L'insecte grotesque filait par un chemin de terre en direction de Bordeaux.

Lucien reconnut l'abbé Dolhats qu'il avait rencontré, l'année précédente, au mariage de sa cousine Totoche Lacaussade. Déjà les ragots les plus désobligeants circulaient sur le compte de ce petit desservant trapu, au front bas, aux joues trop rouges. Ne prétendait-on pas qu'il assistait à des parties de rugby à treize et qu'il pratiquait lui-même le football-association, l'« assoce » maudit, dans un patronage de Gargelos ? « Bien sûr, ils ne font pas le mal », soupiraient les bonnes âmes du pays dont l'équipe de rugby à quinze s'illustrait en Promotion Fédérale. Il n'empêche que Mathilde, Totoche et les pénitentes les plus notables faisaient désormais le voyage de Lastenx pour aller à confesse. Les autres désertaient l'église. Ses supérieurs avaient décerné un blâme implicite à ce misérable auquel son sacerdoce n'épargnait pas de céder aux tentations par où il est donné à la créature d'éprouver les limites de son avilissement.

A main gauche, le village. En face de lui, à la distance d'un jet de pierre, le château. Lucien est rendu. Il contemple les nuages qui s'amoncellent sur ce désert peuplé, où le troupeau inassouvi se repaît de ses tourments depuis qu'il a éloigné son pasteur. Un trouble s'empare de lui dont il se croyait préservé depuis l'enfance : l'angoisse vertigineuse de la minute suspendue quand, après la messe, le chœur se vidait un moment avant que le prêtre réapparaisse enfin pour la bénédiction.

Puis il se reprend, pousse la grille, fait face à l'assaut de la chienne : « Couchez, Maïté ! Tuchaou ! » Déjà lui reviennent ces mots de patois qu'il jette comme une aumône pour apaiser les bêtes et les hommes, comme une offrande propitiatoire pour se concilier les mânes.

Mathilde Récaborde essuya d'un revers de bras sa bouche, où la gloutonnerie de toute une existence s'était concentrée. Elle jeta son mégot à bout doré dans le verre qu'elle avait posé à son chevet, rassembla les tarots éparpillés sur le divan et se dirigea vers son miroir.

Le mouvement qu'elle fit pour se lever laissa apparaître par la fente de sa robe d'intérieur deux jambes sans défaut. Elle en contempla le grain serré, caressa les genoux minces et polis, étonnée qu'un pareil miracle lui fût consenti.

Passé la quarantaine, Mathilde était une femme lourde, aux traits figés dans une pâte molle que les fards et les onguents tentaient de ravir à la pigmentation de la bile. Seuls les yeux, remplis d'eau, laissaient parfois affleurer une onde de subtilité sur ce visage camard, que deux cercles bistre soulignaient depuis l'arrivée de son beau-frère.

Un homme, pensait-elle, un homme tous les deux ans ! Le reste du temps se partageait entre Cyprien, son époux, abruti d'alcool, et son fils Xavier. Le vieux Récaborde, cloîtré dans l'aile sud de la demeure, en proie à sa fureur et à sa simulation, ne comptait pas. On frappa à la porte.

Lucien pénétra dans la chambre. Il avait retrouvé un costume de chasse, acheté vingt ans plus tôt à « La Belle Jardinière ». Il le portait avec une élégance désuète qui échappa à sa belle-sœur. Simplement, par habitude ancienne, la femme laissa déraper son peignoir le long de sa cuisse. Un regard suffit à Lucien pour évoquer cette époque de sa vie où son frère et lui, étudiants à la Faculté de Droit, se rendaient dans l'une de ces maisons basses du quartier Mériadec, qu'on appelle à Bordeaux des « échoppes ». C'est là qu'ils avaient rencontré Mathilde, l'avaient arrachée à la débauche et se l'étaient partagée, à frais communs, jusqu'à ce que Cyprien, le plus exclusif, commette cette bêtise irréparable...

Car le vieux, là-haut, n'avait jamais voulu entendre parler de divorce. La crainte de voir ces étendues de terre et de forêt s'épuiser en pension alimentaire, fondre au gré des dispositions judiciaires (Cyprien et Mathilde, mariés sous le régime de la communauté, ne venaient-ils pas d'acheter Caussèque, qui achevait de clore par mille hectares de vignobles les propriétés des Récaborde dans la Chalosse ?) avait toujours prévalu contre la haine patriarcale qu'il vouait à Mathilde. Par un destin singulier, c'était lui qui retenait face à face les protagonistes d'un drame dont la tension allait croissant. Il était de ces êtres, rugueux comme des ceps, qui sauvegardent les principes et les domaines, quitte à perdre les âmes et les corps.

— Cyprien ? demanda Lucien.

— Encore saoul, répondit Mathilde.

Il admira cette fausse résignation (à peine le pli amer s'accuse-t-il aux commissures des lèvres). Xavier, dans un moment d'abandon animal, lui avait pourtant avoué que son père les battait, sa mère et lui, lorsqu'il s'était attardé chez Trescailloux. A l'auberge même, des bruits encore plus étranges circulaient.

— Tu détestes mon frère ?

Mathilde plissa davantage les paupières.

— Je ne veux aucun mal à Cyprien. C'est le petit qu'il faudrait surveiller.

— Il est tout entier sous ta coupe. A dix-huit ans, il t'obéit comme un garçonnet. Je parie qu'il n'est pas encore déniaisé.

— Si nous pensions plutôt à nous, suggéra Mathilde.

Énorme scarabée, portant en soi-même le charnier où il s'alimente, elle se renversa sur le dos et accueillit Lucien.

Maria de Caudéran, ainsi nommée parce qu'elle était originaire de ce faubourg, remporta le confit à peine entamé. Depuis quelques jours, les maîtres n'avaient plus d'appétit, à l'exception du vieillard, là-haut, dont elle baisait les mains, comme au temps jadis.

Autour de la table, Mathilde, Lucien et Xavier regardaient tomber la pluie. Cyprien n'était pas encore rentré.

— Veux-tu nous laisser un peu, avec oncle Lucien ?

Xavier, sa petite tête obtuse dévissée dans les épaules, s'éloigna d'un pas traînant.

— Alors, tu as vu ? interrogea Mathilde.

— Oui, répondit Lucien, c'était bien la voiture du notaire de Combezac. Il est resté deux heures enfermé avec notre père.

— Qu'est-ce que ça veut dire ?

Plus que les mots prononcés par Mathilde, Lucien retint l'âpreté de cette voix, le frémissement sordide dont il avait appris de toute éternité à percevoir l'écho. Jusqu'ici, cette femme lui était surtout apparue assoiffée dans sa chair. Et voilà que, par une patiente osmose, le mal des Récaborde avait germé sur cette chair étrangère.

Il convenait peut-être, maintenant, d'accorder quelque crédit aux rumeurs qui circulaient dans le village. Ne racontait-on pas que Cyprien, un soir qu'il avait bu, s'était plaint de ce que sa femme et le malheureux Xavier cherchassent à l'empoisonner ? Allons, il y avait là une partie à jouer qui pouvait le rendre maître de Caussèque et du reste, au moment précis où son père, prévenu de ses dettes au cercle, envisageait le moyen de le déshériter au profit de son frère. La visite du notaire n'était que trop claire. Il agita un leurre :

— Eh bien ! ma chère, ça signifie que M. Récaborde combine l'annulation de ton contrat de mariage avec Cyprien pour y introduire la clause de séparation de biens.

Mathilde accusa le choc avec plus de violence qu'il n'aurait osé l'espérer. Le sang, en se retirant, abandonna des plaques jaunâtres sur ce visage à marée basse.

— Il faut faire vite, murmura-t-elle, il faut faire très vite.

Mathilde était revenue du presbytère vers trois heures. Faute de mieux, elle aurait aimé s'ouvrir à mots couverts du péché où elle allait sombrer, guettant un signe, bien qu'il lui parût peu probable que Dieu choisît de s'exprimer par la bouche d'un joueur de football-association. Mais l'abbé Dolhats n'était pas là. Lassé par les brimades de toutes sortes dont on l'accablait, il distrayait un jeudi sur deux à ses paroissiens indignes pour le consacrer aux jeunes ouvriers de la scierie de Gargelos, qu'il enseignait en jouant au ballon avec eux.

Mathilde se retrouvait donc seule devant son destin. Lucien était allé à la Poste ; Maria de Caudéran et les servantes lavaient le linge sale de la famille dans une boucle limpide du Sabaillon. Par la fenêtre, Mathilde apercevait au loin les femmes accroupies, avec, derrière elles, les pins clairsemés par les récentes coupes. « Prie, mais prie donc, agenouille-toi ! Sauve en ta personne cette part de grâce incluse dans le contrat qui lie ton âme avec ton corps, ce bien inestimable qu'aucune séparation ne peut t'arracher... » Elle sentit que des larmes coulaient sur ses joues, mais que cette voix n'était autre que la sienne propre, un fragment du dialogue que les êtres humains entretiennent avec eux-mêmes depuis leur naissance jusqu'à leur mort. Il n'y avait plus de recours. Elle dépouilla sa combinaison, trempée de sueur, se farda, s'inonda de parfum.

— Xavier, chéri ? appela-t-elle.

L'enfant — car pouvait-on appeler autrement cet adolescent au torse étriqué — parut dans l'encadrement de la porte. Il taillait d'une serpette habile un morceau de bois en forme de totem, où l'on eût dit que cet esprit primitif cherchait à s'incarner. Il ne s'étonna même pas de l'accoutrement de sa mère. Celle-ci, comme aux plus beaux jours de Mériadec se tenait à demi étendue sur le divan, les jupes haut troussées.

— Chéri, dit-elle, ton père est-il là ?

Elle mentait. Elle savait bien que Cyprien était dans son bureau, la tête posée dans l'arceau des bras, cuvant son vin. Mais elle voulait éprouver le degré de conscience de Xavier, sa lucidité, son œil.

— Je ne sais pas, dit-il.

Une bouffée de triomphe envahit Mathilde. Que lui importaient maintenant Cyprien emmuré dans son délire et Lucien le déraciné. Ce Récaborde-là ne lui échapperait pas. Il était son trésor sur la terre, ce jeune corps frêle, qui représentait pourtant des centaines d'hectares de forêts et de vignobles ; le pin et le vin, ces deux purs diamants de la Lande, il lui fallait les étreindre, se confondre avec eux. La possession la possédait.

— Viens t'allonger près de moi, gémit-elle.

Le benêt fit un pas en avant.

— Que dirait le père, murmura-t-il.

Mathilde ne s'attendait pas à cette réaction. Allait-elle troubler cette heure capitale par une révélation jusque-là différée ? Elle se décida :

— Cyprien n'est pas ton père. Il n'est que ton oncle : tu es le fils de Lucien...

L'absence s'étendit sur le visage de Xavier. Il ne dit pas : « Que dira oncle Lucien ? » Des ressorts grincèrent.

« Et vas-y donc, c'est pas ton père ! » A Bordeaux, un soir, sur les Allées, Xavier avait entendu cet encouragement prodigué à l'amateur, dans une baraque foraine où s'affrontaient des lutteurs parfumés à l'acétylène.

Le garçon descendit l'escalier. Il avait repris sa serpette et son morceau de bois. Là-bas, à Bordeaux, on encourageait l'amateur dans le tourbillon de la fête : « Et vas-y donc, c'est pas ton père ! » Les batteuses, à la rivière, jacassaient dans leur patois : « Et vas-y donc, c'est pas ton père ! » A la Poste, Lucien télégraphiait au cercle des Champs-Élysées où il jouait gros jeu : « Et vas-y donc, c'est pas ton père ! »

Xavier pénétra dans le bureau de Cyprien. La nuque écarlate reposait sur le bord de la table. A deux pas, la corbeille à papiers, comme un panier de son. La serpette s'éleva dans l'air vicié de la pièce. « Et vas-y donc, c'est pas ton père ! »

A l'étage, Mathilde se rajustait. Dans l'aile sud, le vieux Récaborde s'égosillait pour réclamer un doigt de madère. En lisière de Gargelos, sur le terrain brûlé, où l'haleine entêtante de la résine lui faisait un peu tourner la tête, l'abbé Dolhats venait de marquer un joli but.

LA GLOBULE

La marée basse offrait aux joueurs de jokari un loisir inconsidéré. C'était un plaisir à répétition de voir les agents de change accueillir la balle, ramenée par l'élastique, au terme d'une course brève et totale qu'ils accompagnaient d'un cri simple. Les plus jeunes portaient des flottants à l'anglaise qui témoignaient d'une connivence permanente avec les embruns, l'embrocation, l'ambre solaire. La disgrâce des plus âgés se drapait dans des chasubles en tissu-éponge qui gardaient dans leurs plis des relents de lavande et de tabac blond. Au large, croisait une voile triangulaire et blanche comme une enveloppe décachetée : on pouvait déchiffrer tout ce qui se passait à bord. Les navigateurs tendus de toile rouge et les sirènes affalées sur le pont ne semblaient pas s'en effaroucher et s'approchaient de la grève dans de joyeuses rumeurs que le vent portait. Ailleurs, un ballon rebondit, un chien s'ébroua, un jeune garçon découvrit un crabe avec deux pinces, comme dans les manuels, et s'émerveilla.

Nouvel estivant, je me mis sur le ventre, cherchant la terre, serrant la planète dans mes bras, pour confondre avec le sol ma chair offusquée par la lumière. A une cinquantaine de mètres, quelques jeunes femmes se tordaient en cadence selon des préceptes ambigus. L'œil mi-clos sous l'aisselle, je savourai un moment ce ballet appliqué qui projetait des cuisses brunes par-dessus le casino. C'était donc là la plage, cette humanité en maillot, ces réseaux de familles enjouées, ces enfants ivres de leur revoir, ces adolescents prompts à se découvrir : j'éprouvai le sentiment que je n'avais pas ma place au soleil. Les lunettes noires, la serviette duveteuse, le slip sommaire dont j'étais affublé, n'y changeaient rien. Je cherchai un signe à quoi me raccrocher et ne découvris qu'une carcasse de langoustine avec une seule pince, comme au restaurant.

Un article fondamental de la Constitution des Droits de l'Homme et du Baigneur stipule qu'à peu de chose près, tous les vacanciers arrivent au bord de la mer blêmes et égaux en droit. Une plage est d'abord une page blanche, qu'a tôt fait de noircir une société ouverte, où l'état de nature remet en question les hiérarchies et les préséances, où les mœurs et les modes témoignent d'une uniformité concertée et dont les membres n'aspirent au fond qu'à se ressembler. C'est pourquoi, remontant vers ma pension de famille sur ce tapis de bois qu'à Deauville on appelle « les planches », mon attention fut attirée par la silhouette délibérément citadine d'un gringalet attablé au Bar du Soleil parmi des dames reliées en pleine peau et quelques purs produits de la nursery. A sa grosse tête vissée comme un casque de scaphandrier, à son petit manteau noir gonflé de journaux multicolores, variante un peu moins élimée de celui qu'il portait quinze ans plus tôt, à son col dur, je reconnus La Globule.

*

Dès son plus jeune âge, Olivier Gallois, dit La Globule, avait converti le chantier peu commun qu'il abritait derrière son vaste front au seul usage de la spéculation sous toutes ses formes. L'année du certificat d'études, il remporta un tournoi d'échecs et dépouilla au poker un oncle d'Amérique, qui heureusement n'avait pas son argent sur lui. En récompense de son bachot, il demanda à être abonné au *Financial Times* (rose), à *Paris-Turf* (blanc), aux *Permanences de Monte-Carlo* (vert), qui devaient lui faire un drapeau dans les rudes combats de la vie. Effectivement, le calcul des probabilités, la loi des grands nombres, les fluctuations sur les marchés mondiaux et l'amélioration de la race chevaline n'avaient plus de secrets pour lui, lorsqu'il fut projeté prématurément dans le commerce des adultes, où ses talents subjuguèrent les courtiers en Bourse, pour qui il travaillait, et les turfistes, chez lesquels il prenait de pertinentes récréations.

A l'époque où nous nous rencontrions, il ne semblait pas mettre à profit les conseils qu'il prodiguait, en des consultations fortement imbibées, et affichait dans un bistrot du quartier de l'Opéra, à l'heure où les détails s'estompent, une manière de déchéance guindée et dogmatique, qui contrastait avec son aspect juvénile. Sous son coude, le moindre comptoir devenait une chaire, d'où il aimait faire rayonner sa compétence. Cet Arthur Rimbaud de la Corbeille et des hippodromes était, en toutes choses, un théoricien disert, plein de jubilations.

Une nuit que le délire, ou le jeu, l'incitait à se prendre pour un cheval, je crus bon de le ramener chez mes parents où j'habitais. L'épreuve du petit déjeuner, qui réunissait la famille, fut pénible. Il hennissait dans son thé au lait, réclamant du porridge qu'il baptisait picotin, et galopait autour de la table pour presser le mouvement car il devait courir en début d'après-midi à Longchamp. La première stupeur passée, ma mère, attendrie par sa fragilité, s'efforçait de dévier ce monologue, qui s'orienta spontanément vers la Bourse. « Voyons, demandait-elle avec amusement, mon petit Olivier, dites-nous où nous en sommes ? » Roulant des yeux de pythonisse, avant de s'effondrer sur les toasts, La Globule mâchonna solennellement : « Vendez avant l'ouverture, vendez vos Debiers, vos Haut-Katanga, vos Schrameck... Achetez au parquet, achetez à terme, des Péchiney... des Cofeener... du Seidler Inc. » J'acquiesçai avec une conviction si pressante que ma mère, boursicoteuse dans l'âme, donna quelques coups de téléphone au cours de la matinée. Un mois plus tard, son mince portefeuille avait doublé. Sa nature chimérique ne s'en étonna pas. « La vérité sort de la bouche des enfants », avait-elle dit, pour solde de tout compte.

La Globule n'était plus un enfant. Comme les Japonais, il était passé sans transition de la pâte tendre de l'adolescence à un état morne et fripé. Seuls les yeux, prodigieusement actifs, et le sourire... Je m'en aperçus lorsqu'il eut un geste d'invite pour me présenter à ces personnes recuites sous les perles, disposées autour de lui, arrangement floral dont certains éléments étaient fanés. Puis : « Tu connais Mme Raiford (des conserves), Mme Plancoët (des primeurs), baronne Lalanne (épouse du directeur de la P.J.), Mme Garcia y Garcia (épouse du sous-directeur, inséparable), vicomtesse de Romanée (des bals costumés)... Leurs enfants et petits-enfants », ajouta-t-il sur un ton de faire-part, en désignant la jeune classe qui semblait boire ses paroles.

Tandis qu'on renouvelait les consommations, il m'apparut d'abord, ainsi qu'autrefois, que La Globule s'imposait à son auditoire par sa volubilité judicieuse. Chose curieuse, bien que la conversation roulât sur l'éducation, les loisirs, la diététique, ces créatures de magazine semblaient portées vers lui par un élan flatteur plein de ménagements. La séduction qu'il exerçait sur elles était celle d'un maître.

Il était évident que ses prestiges n'étaient pas ceux d'un maître-nageur, cet innocent aux mains pleines, mais l'impression me traversa que, par certain côté, ils s'apparentaient. Sans doute, une époque où l'on apprend le crawl par correspondance a-t-elle entamé les attributions de ce dernier, il n'en conserve pas moins les prérogatives de tutelle et d'autorité qui firent la gloire d'une corporation, où les médailles de sauvetage escaladaient jadis les poitrines jusqu'à la pointe des moustaches, et il reste encore assez de femmes capables de se noyer dans une goutte d'eau pour requérir les services de celui qui met un frein à la fureur des flots. « Les maîtres-nageurs sont tristes et fiers... », soupirait une riche Bolivienne. Il y a du vrai. Leur seule présence tour à tour vacante et débordée, leur silhouette indispensable trop souvent grelottante, cet air dont ils ne se déprennent jamais tout à fait d'être attachés à l'établissement nous suggèrent qu'ils sont les meilleurs d'entre nous et les plus déshérités. Au fond, ces maîtres possèdent aux yeux des patriciennes le charme équivoque des esclaves. Ainsi de La Globule, comme je n'allais pas tarder à le comprendre.

Cependant l'atmosphère vibrait autour de ces dames, qui parlaient courses de chevaux et toilettes. La Globule s'entretenait à part avec Jean-Dominique de Romanée, un garçon d'une dizaine d'années. J'eus un geste de protestation quand Mme Plancoët s'avisa de régler l'addition. « Laissez, dit-elle avec un sourire entendu qui donnait à penser qu'elle avait l'habitude, votre ami est un monsieur vraiment exceptionnel. Je n'ai jamais vu quelqu'un d'aussi bons services. »

La baronne Lalanne, qui rassemblait sa progéniture, interrompit La Globule :

— Cher M. Gallois, il y a réunion à Clairefontaine, puis-je compter sur vous à quatorze heures au plus tard ? Les Garcia et les petits Raiford seront à la villa.

— Et les miens ? demanda la vicomtesse de Romanée.

— Madame, nous passerons les prendre, dit gracieusement La Globule.

— Et voilà ! soupira-t-il avec satisfaction, lorsque le cheptel se fut éloigné. C'est tous les jours la même chose, mais j'ai mes entrées au « Royal » et parfois l'une ou l'autre me convie à déjeuner, malgré ces godasses qui prennent le sable.

Privé des paillettes de la dialectique, il offrait une laideur qui forçait le respect ; sa propreté même avait quelque chose de repoussant, dans le laisser-aller ambiant.

— Tu leur donnes des tuyaux pour les chevaux ?

— Non, non, c'est fini tout ça. D'ailleurs, elles se montrent au pesage mais elles ne jouent pas.

— La Bourse ?

— Elle est en sommeil et j'ai suffisamment enrichi les autres.

— Qu'est-ce que tu leur fais donc ? Tu ne vas pas me dire que ton seul discours, comme on joue de la harpe...

La suffisance éclaira son visage.

— Mieux que cela. Si tu as une minute et quelque monnaie pour un peu de whisky, je vais t'exposer certaines idées que j'ai formulées sur la séduction balnéaire avant de débarquer ici.

Ses yeux gourmands promettaient un festival, je ne pus résister à l'aimantation. Il baissa d'un cran son siège transatlantique.

— Commençons par prendre un dicton à rebours : sur une plage, qui s'assemble se ressemble...

— Je pensais la même chose, tout à l'heure.

— Or, par paradoxe, il est peu de climats sous lesquels s'épanouisse avec une prodigalité aussi écœurante ce type d'hommes qu'on appelle des Don Juan, êtres privilégiés qui cristallisent autour d'eux des engouements, des ferveurs ou des arrière-pensées, que ce style de vie saisonnier favorise. Comment ces personnages émergent-ils du magma indifférencié et par quelles singularités parviennent-ils à se détacher du peloton ? c'est ce que les sociologues, les gigolos de tous poils et les victimes qui leur sont promises, ont intérêt à méditer.

« Pour la commodité de l'étude, nous distinguerons entre le Don Juan au naturel et le Don Juan avec accessoires...

— Ma parole ! Tu l'as appris par cœur.

Il avait retrouvé toute son assiette, s'adressant par-dessus votre épaule à un auditoire imaginaire beaucoup plus vaste.

— Le sens commun envisagerait facilement que l'essentiel du Don Juan au naturel tient dans l'arsenal courant de la séduction sans artifice, qui comprend le charme, l'intrigue, la sympathie. Ces vertus sont encore bien positives, elles impliquent des manœuvres, le souci d'autrui. Au bord de la mer, le Don Juan au naturel se propose au contraire comme un objet, imposant entre les groupes sa silhouette boucanée, véritable mannequin d'anatomie et, s'il est établi depuis l'origine des sociétés que les élites se définissent par leur degré de familiarité avec les préoccupations et les divinités du jour, il prouve avec assez d'évidence qu'il est l'intime du soleil. A travers ce prophète en caleçon bleu ciel, les populations révèrent le totem du beau temps, de la splendeur des corps et des propres libertés consenties à leur tribu.

« On ambitionne légitimement de respirer dans la proximité d'un semblable individu. Sans trop se mouiller, il porte en lui les virtualités d'un premier prix de natation, d'un premier prix de danse, et l'imagination ne s'ingénie pas à lui chercher des Cadillac de derrière les garages ou des poux dans la tête. C'est un être fini en soi, qui commence et s'achève avec sa sublime apparition. Prince sur la plage, il est peut-être plongeur à la ville, plongeur de vaisselle s'entend, ou mécano, ou même percepteur, et ses pectoraux où il ferait bon dormir, ses avant-bras à soulever le globe, roulent peut-être, le restant de l'année, sous la lustrine du rond-de-cuir ou la salopette de l'ouvrier. Mais cela n'est pas forcément pour décourager une aventure. Sur la Côte d'Azur, les jardiniers, paraît-il, récoltent des succès où se perpétue la tradition des *Contes* de Boccace... »

Il vida son verre d'un trait, selon une habitude ancienne, et, revenant à moi, se fendit d'un sourire :

— Il va de soi que je n'ai jamais songé un seul instant à endosser le déshabillé, ni l'emploi, du Don Juan au naturel...

« Reste le Don Juan avec accessoires qui tire de ses magasins des ressources infinies, allant de l'arbre généalogique à la télévision portative.

« Laissons de côté les gros pontes du casino, où les joueurs n'ont plus de sexe, et les danseurs mondains, qui sont des professionnels de la séduction. Plus captivante est la séduction de certains professionnels. Le saxophoniste, par exemple, dont les déclarations s'écoutent entre les notes, comme on lit entre les lignes, est un personnage redoutable par sa permanence : les cavaliers changent, le saxophoniste reste et on n'y peut rien. Si une femme le regarde trois fois dans les yeux, il la considérera comme une amie d'enfance. Changer de dancing ? ses relations ne fréquentent que celui-là. Changer de plage ? Elle a loué au mois. Le saxophoniste joue des sortilèges du boa, dont son instrument épouse la forme : il vous cloue sur place... le barman est plus insidieux encore, c'est Machiavel au shaker et il dispose de tous les philtres. S'il vous offre à boire — ce qu'on appelle sans doute des verres de contact — mettez-vous sur la défensive, et s'il insinue qu'un barman " c'est un peu un confesseur ", devenez résolument sobre... »

A cet instant, La Globule, au-dessus de ma tête, parlait en direct pour son sérail :

— Le liftier, chérubin des caravansérails, n'est guère moins malicieux mais on peut se l'attacher et convertir son zèle en dévouement : c'est un animal apprivoisable, sa cage est celle de l'escalier. En dernier ressort, le plus avantagé parmi les corps de métier est celui du photographe de presse, quand il peut déambuler sur la plage en gardant son veston pour le bon motif, vous rattacher en quelque façon aux fastes grandioses de l'actualité et vous signifier que vous lui plaisez par un hommage cliquetant qui ne soit pas un lieu commun mais un cliché...

Il reprit pied pour demander un autre whisky et considéra la terrasse où midi composait ses feux sur des nombrils illustres.

— La réputation constitue un excellent appareil pour le Don Juan avec accessoires. La plage a ceci de peu banal qu'elle concentre sur un espace restreint un nombre considérable de personnalités, en supprimant les barrières qui les retranchent du commun dans l'ordinaire de l'existence. Pourtant, je ne pense pas que les vedettes fassent réellement prime sur le marché, soit que l'incognito où elles prétendent s'envelopper soit trop scrupuleusement pris au pied de la lettre, soit qu'une espèce d'inhibition paralyse les admiratrices, lorsque leurs idoles débouchent à bout portant. La célébrité par procuration est, à cet égard, un meilleur atout : elle apporte au Don Juan l'auréole moins le fardeau. Je connais de jeunes Britanniques aux visages pâles et longs qui ont accompli des ravages pour avoir été vus en compagnie du beau-frère de la reine qui est un rigolo. Il ne sera jamais mauvais non plus d'avoir été l'amant présumé de Marlène Dietrich durant l'été 38. Notons que les rumeurs de cercle travaillent toujours en faveur du séducteur.

« La fortune ne se constate pas aisément aux bains de mer, depuis que les Anglais et les

Américains ont institué la mode des milliardaires en guenilles. Les Don Juan dont les accessoires sont des hauts fourneaux ou des mines d'étain pourraient difficilement les faire valoir entre leur slip et leur peignoir, s'ils n'étaient déjà entourés d'un essaim de jolies filles. Car le voilà leur véritable signe extérieur de richesse. Et comme rien n'attire plus fortement une jolie femme que la présence d'une autre dans l'entourage d'un homme, leur pouvoir est irrésistible. On découvre alors que ces clochards aux yeux de braise possèdent, au bassin, des yachts profonds comme des supermarchés et qu'à l'heure crépusculaire, sous la casquette écussonnée et le blazer à boutons d'or, Don Juan se confond enfin avec la statue du commodore... »

Il interrompit là son monologue, guettant la question que je ne manquai pas de lui poser :

— Et toi, là-dedans ?

Sa tête en citrouille arbora les couleurs du triomphe :

— Moi ? Inutile de te dire qu'ici encore, je ne figure pas dans l'inventaire. J'ignore la musique et la photographie ; je ne connais qu'un côté du bar et désire m'y tenir ; les ascenseurs me font peur ; je suis obscur comme une éminence grise et pauvre comme Job. Mais je possède une grande capacité de réflexion. Elle m'a inspiré que pour subsister à Deauville et y tenir malgré tout un rôle prépondérant, il fallait miser sur les enfants.

— Les enfants ?

— Parfaitement ! je suis bonne d'enfants, nurse, gouvernante, conseiller technique et ludique, dépositaire des trésors... Appelle cela comme tu voudras. Mon dévouement est sans borne et mon savoir, encyclopédique. Sur ce théâtre de marionnettes, je ne tiens pas un emploi, j'exerce une fonction. Et tu voudras bien constater que je procède avec méthode, comme tout ce que j'entreprends.

Il débusqua de son léger pardessus à col de velours râpé le flot de brochures que j'avais remarqué en arrivant. Je notai au passage : *Loisirs et Puberté, Fanions et feux de camp, les Garçons sont-ils des filles ?* par la doctoresse Groult et même un abrégé de puériculture et secours d'urgence.

— Mes amies peuvent m'appeler matin et soir, j'accours, enchaîna La Globule. (Il disait : mes amies !) J'ai leur confiance et elles veulent bien reconnaître mon excellente influence. Si tu veux savoir : par le biais des chères têtes blondes, je leur suis devenu in-dis-pen-sable.

Devinant à mon air consterné que je l'estimais tombé bien bas, La Globule se fit doctoral :

— Où sont les domestiques espagnoles, en ce moment ?

— En Espagne.

— Et les Portugaises ?

— En chômage.

— Tu l'admets, c'est parfait. Maintenant,

quand ces charmantes femmes du monde auxquelles je t'ai présenté, et bien d'autres encore, désirent jouir un peu des agréments du séjour, vont-elles s'empêtrer d'un tourbillon de petits garçons et de petites filles ? Vont-elles les déposer, comme au vestiaire, dans quelque patronage de hasard ? Vont-elles les abandonner à eux-mêmes ? Non : elles ont besoin d'un gentleman, doublé d'un pédagogue, pour s'occuper d'eux. Or, jusqu'à la fin de la saison, qui se termine dimanche prochain avec le Grand Prix, il leur est pratiquement un devoir de passer tous leurs après-midi sur les champs de courses. Eh bien ! moi, pendant ce temps-là, je garde les enfants sur la plage, je les distrais, au besoin je les soigne.

— Mon Dieu, à quoi les occupes-tu, toute la journée ?

— Je les emmène courir du côté de Blonville, dans un endroit plus discret, moins grouillant, où je les ai en main.

« Elles se disputent pour me les confier », croyait le malheureux. En vérité, pour s'en débarrasser. Je n'avais jamais vu un fils de vieux, vieux lui-même, s'appliquer avec autant de superbe à tromper sa faiblesse et son désarroi. Il ne put toutefois me dissimuler qu'il habitait chez l'indigène une chambre ouverte sur un déversoir de la Touque. Je lui proposai de l'emmener déjeuner.

— Pas le temps. J'ai promis à la baronne d'être là-bas à deux heures pile.

J'avais cru, un moment, que La Globule était Raspoutine : c'était le Cousin Pons, l'orphelin, le célibataire, le corps étranger dans la fête. « Une variété du pauvre », dit Balzac.

J'en eus la confirmation, quelques jours plus tard, au Bar du Soleil, en surprenant, à l'abri d'un parasol (c'est bien la peine), un fragment de conversation anonyme entre deux femmes, qui élevèrent soudain la voix sur le mode précieux :

— ... Ce ne sera pas à recommencer l'année prochaine. Monsieur Olivier par-ci, monsieur Olivier par-là, il n'y en a plus que pour lui.

— Il trouve peut-être, tout le premier, qu'il y en a trop. Totoche, franchement, n'estimez-vous pas que nous abusons, avec Gallois ?

— Ce Gallois n'a pas l'air de s'en plaindre, il n'a de cesse d'en redemander, non ?

— Et s'il était pédéraste ?

Rire indulgent de l'autre :

— Allons, allons, vieux garçon égale bonne à tout faire... Crotte ! il faut encore que je passe prendre ma capeline. Nous allons être en retard.

Je n'avais pas revu La Globule, ayant subi à mon tour la fascination du tapis vert et de l'hippodrome municipal. Sans plaisir, j'avais gagné un peu d'argent et, de fil en aiguille, je me demandais ce que deviendrait mon camarade à la fin de la semaine, quand la société élégante commencerait à plier bagage. Je l'imaginais dans le cerceau rompu de ses illusions, échafaudant de nouveaux plans mirobolants pour la rentrée. Dans l'après-midi, je résolus de me mettre à sa recherche.

Avant de s'engager sur la route de Blonville, il fallait contourner un labyrinthe feuillu où paissaient, le long des trottoirs, des limousines armoriées. Un haut-parleur indistinct perçait une nappe de rumeurs au-dessus de Clairefontaine. Tournant le dos à la réunion tarifée, une amazone, à fesser, déboucha dans un bruit de claquettes. Des parfums subtils retentissaient.

Changement de décor : en contrebas, sur les rochers découverts à cette heure, des silhouettes d'hommes trinquaient de l'épuisette. Certains s'égaraient avec l'assentiment des ménagères. L'impression qu'on les avait à l'œil les incitait à des prouesses sans conséquence. Sur un promontoire, des tentes bariolées de campeurs hissaient le grand pavois de la médiocrité. Au creux de l'autre versant, s'allongeait une plaque de sable, couleur de grès flammés, qu'arpentait une personne en noir et blanc, dans laquelle je reconnus La Globule. Sa présence sur cette portion de planète, ridée par l'empreinte millénaire des vagues, détonnait comme celle d'un homoncule descendu d'un Objet Volant Non Identifié. Il portait un fagot de fanions qu'il plantait à intervalles réguliers.

Dévalant la falaise pour le rejoindre, je découvris un carrousel d'enfants qui chahutaient dans des maillots pimpants, portant le sigle de collèges exotiques. Ils étaient parqués dans un enclos délimité par des cordes, sous l'œil d'un ramassis d'individus en pleine fermentation, dont certains étaient juchés sur des pliants et brandissaient des doigts calculateurs.

J'appris de la bouche de La Globule, résigné au bonheur de me voir là, que l'on débattait la cote des partants dans la « troisième ».

— Le lot de ce handicap n'est pas très relevé. Il est réservé aux fillettes de onze ans et le pronostic est touffu, souligna-t-il pour atténuer la révélation.

— Tu ne vas pas prétendre que ces enfants !...

— Mais si, fit-il en considérant la pointe de ses escarpins craquelés. Je t'avais bien dit que je les emmenais courir à Blonville. Ils prennent l'air, ils s'amusent : autant que ça serve à quelque chose.

Sa réticence fondit devant sa vocation de convaincre.

— L'idée m'en est venue en regardant ces clubs de gymnastique sur la plage : les « Dauphins », les « Goëlands », le « Portique », et ces jeux-concours organisés par des marques d'apéritifs, où de jeunes misérables s'échinent à gambader dans le sable, sans aucun bénéfice pour personne. Ici, au moins, je fais des heureux. Il y en a qui parient la grosse somme.

D'un mouvement de sa tête, relevée par le faux col comme d'une chèvre au piquet, il me désigna le public interlope qui se pressait alentour : extras migrateurs aux yeux hors de leurs poches, cercleux décavés aux poches sous les yeux, croupiers intermittents aux poches cousues, vieux de l'Hospice aux pantalons pochés aux genoux, Cour des Miracles n'attendant que des miracles, et d'abord celui de retrouver l'accès à de véritables guichets.

— Les parents sont au courant ?

— A quoi cela servirait-il ?

— Et les enfants ?

— Pas davantage. Ils s'ébattent entre eux et, comme tout enfant porté à faire l'intéressant, ils apprécient que des grandes personnes s'exaltent pour leurs jeux.

— Il y a longtemps que tu manigances cela ?

— Depuis le début de la saison hippique où j'ai beaucoup plus de concurrents à ma disposition, parce que leurs parents, tu comprends... A raison de quatre réunions par semaine, j'accompagne pratiquement le calendrier officiel.

— Ça doit te rapporter gros ?

— Si l'on veut ; la marge normale d'un P.M.U., exempte d'impôt. Mais je ne le fais pas pour de l'argent, j'ai ça dans la peau, on ne se refait pas... Et puis il faut que je t'avoue que je suis éleveur-entraîneur.

— Qu'est-ce que ça signifie encore ?

— Tu vas voir... Jean-Do ! appela-t-il, venez ici.

Jean-Dominique de Romanée traversa l'enclos en piaffant. Par-dessus la corde, La Globule lui flatta le cou.

— Il est magnifique pour son âge. J'ai demandé à la cuisinière de lui doubler ses flocons d'avoine. Un seul défaut qui n'en est pas un : il possède un très grand développement qui ne s'épanouit vraiment que sur sable lourd. (Il scruta le ciel.) Il faudrait un peu de pluie... Il avait aussi une légère distorsion au genou gauche contractée sur la neige, j'ai corrigé cela. Tout le monde se souvient de son étonnante rentrée dans le Prix Petit-Prince (car j'en profite pour les instruire de Saint-Exupéry, et de beaucoup d'autres)... Sur le travail qu'il a produit, ce matin, dans le jardin, on ne peut pas « faire le papier » sans considérer que Jean-Do est une première chance dans le tiercé de cet après-midi. J'espère que tu seras des nôtres, parce que j'aimerais que tu observes Thierry Lalanne, que j'élève aussi... Le fils de la vicomtesse et celui de la baronne : rien que des pur-sang !

Sur le rivage où une brise infime soulevait les pans de son manteau dérisoire, La Globule irradiait comme s'il avait aperçu le rayon vert. Une fois de plus, il s'adressa aux nuées :

— Je ne sais pas si j'arriverai, d'ici le Grand

Prix, à mettre sur pied mon Grand Steeple de l'Assistance publique, ouvert aux pupilles de moins de dix ans...

« Cette fois, pour la clotûre, j'aurais invité les riches familles et j'en aurais fait un prix à réclamer. »

PAUVRE HOMME

Le wagon-restaurant confond les classes. Les voyageurs de « seconde » ne quittent qu'à regret ce véhicule d'égalité et d'équivoque. On passa des cigares à des gens qui n'en avaient rien à faire. Nous nous étions attardés parce que le décor et les rites distrayaient Jeanne, qui demanda du cognac. Je la regardais, en marche vers la tragédie, telle qu'en elle-même pourtant, composant son attitude pour orienter un profil admirablement découpé sur la vitre où s'étalait un paysage brouillé de chaleur. En surimpression, seul point fixe, le reflet de son visage triangulaire. J'étais perdu dans ses pensées.

Avant le retour de son mari, qui s'était éloigné à travers le monde, durant un an, pour nous permettre de réfléchir, elle aurait pu, dans ce même train, partir en vacances avec moi dans un des endroits qui jalonnaient notre aventure ou parmi les amis qui nous avaient escortés en nos belles saisons. Sa robe de toile à carreaux bleus et blancs, son sac de plage le suggéraient — de même que les photos, tout à l'heure, au-dessus de nos têtes, dans le compartiment nauséabond où elles ouvraient des lucarnes incongrues sur la montagne et la mer. Au lieu de quoi, elle s'acheminait vers un fait divers intime, auquel nous avions consenti à donner pour cadre un bourg de Charente inconnu.

Jeanne était une personne fragile et vaillante, qui se cognait partout malgré des yeux immenses, mais allait jusqu'au bout de ses appréhensions. Elle seule avait vraiment regardé en face une résolution prise en commun. Cependant, depuis que les conditions de notre expédition étaient réunies, je sentais qu'à tout moment une fêlure intérieure pouvait s'élargir en crevasse.

— Tu as les billets ?

C'était une taquinerie traditionnelle d'un sel médiocre, où chacun faisait mine de s'en remettre à l'autre. Elle tourna vivement la tête, mais elle ne sourit pas et me jeta :

— Et toi, tu as l'adresse ?

Nous avions dû beaucoup rougir avant de nous la procurer et elle savait que, par prudence, on m'avait enjoint de l'apprendre par cœur. Il m'apparut que, dans quelques heures, quand nous referions ce trajet en sens inverse, elle me haïrait.

Angoulême, où nous devions changer pour

prendre un car, voyait, ce jour-là, la torpeur mauresque de ses étages de tuiles agitée par de rauques éclats. Depuis un mois, des usines de papeterie étaient occupées par les travailleurs. Essaimés sur des trottoirs pentus, des hommes et des femmes vendaient des colifichets au profit des grévistes. Il me sembla que Jeanne, qui s'arrachait difficilement, les regardaient avec une sorte d'envie. Elle s'essaya à une moue cocasse :

— Je ne sais pas ce qu'ils veulent tous, et ce qu'ils réclament est sans doute justifié, mais ce dont je suis certaine, c'est que ceux-là n'ont pas nos soucis.

Pour m'en assurer, je lus le tract qu'un piquet hâbleur nous avait distribué, dès le portillon de la gare. Il promettait un grand défilé pour le lendemain.

— Demain, dis-je, pour nous, ce sera fini.

— Oui, fit Jeanne, quand je reverrai cette belle cathédrale, ce sera fini. Comment s'appelle-t-elle ?

— Saint-Pierre.

— Pierre, dit-elle dans le vague, c'est le plus beau des prénoms, pour un garçon.

Plus tard, dans le car, elle a été secouée par des nausées.

— Tu veux que je demande qu'on descende ?

— Inutile : ce n'est pas physique, c'est moral.

— Dis-toi que, jusqu'au dernier moment, nous

pouvons renoncer ; c'est même le seul cours que nous puissions encore remonter.

A Cognac, devant un comptoir, nous avons noyé une halte dans un verre d'alcool vrombissant. Certes pour nous réconforter, peut-être aussi pour donner au voyage une teinture d'escapade, en sacrifiant à un rituel touristique. Jeanne dit sans conviction :

— Il est meilleur que celui du train. C'est drôle de se trouver dans un lieu prestigieux. On en a entendu parler d'une façon abstraite : soudain, il existe.

C'était drôle, en effet. Mais elle ajouta, en agrandissant davantage ses yeux :

— Tu crois que ce sera pour ce soir ?

— Je ne sais pas... Je pense qu'il sera trop tard.

— Pourvu qu'il soit trop tard !

A l'heure où un ciel implacable commence à s'iriser sous l'effet lointain des marées, nous débarquâmes à Mauvezac, sans trop savoir si nous touchions au but ou au point de départ. Soulagement et angoisse, les pieds sur le sol, la valise à la main. Et maintenant ?

Dans une toile d'araignée de maisons longues et basses, aux volets bleus, dont les murs de chaux retenaient le soleil, la grand-rue ouvrait une tranchée un peu solennelle où des vestiges romans-byzantins s'incrustaient en sombre sur le crépi des parois.

— La route de Tonnay, s'il vous plaît ?

L'indication fournie avec un accent saintongeais, qui acheva de nous dépayser, nous poussa vers une campagne lumineuse où des bouquets de peupliers et de noyers surgissaient d'un horizon de maïs et de vignes.

— Là-bas, dit Jeanne, la mer, peut-être...

Très vite, ce fut la ferme des Lopez, une bâtisse en hauteur, aux contrevents gris, isolée derrière une clôture en pierraille et le ruban insoupçonné d'une rivière brillante. Devant le portail se tenait une paysanne, qui vint à notre rencontre.

Sous un sarrau maculé et chaussée de sabots, Mme Lopez était une femme rondelette au regard profond et affectueux. Tandis que les subtils remugles de l'étable, dont les Parisiens sont si friands, nous enveloppaient déjà, je portai d'instinct mes yeux sur ses mains qui étaient d'une propreté étonnante, soignées, eût-on dit. En somme, au premier abord, elle avait l'air d'une lavandière délurée.

— Je serais bien allée vous chercher, s'excusa-t-elle avec un accent pied-noir qui nous était plus familier, mais j'ai tellement à faire ici.

D'un revers du coude, elle désignait la cour de terre battue où une marmaille nombreuse se récapitulait pour nous voir entrer, avec une excitation contenue mais bienveillante.

— Mon Dieu, fit Jeanne, c'est à vous tous cela ?

— A qui voulez-vous ? soupira Mme Lopez. Il manque même l'aînée... Oh ! Francine, montre ton nez.

Un rideau de perles s'écarta entre deux hortensias en pot, laissant apparaître un regard vertigineux, sur moi dirigé, puis tout retomba dans un cliquetis.

— Ne faites pas attention, dit Mme Lopez, depuis que nous sommes revenus de Madagascar, elle nous donne comme ça, de temps en temps, des accès de paludisme.

Nous avions pénétré dans une salle ombreuse, que les persiennes mi-closes hachaient de zébrures aveuglantes. Mme Lopez avait servi, non pas du cognac, mais l'anis. Si bien que, face à tout ce qui entourait ce bastion, nous formions une petite communauté d'exception, sous l'autorité spontanément matriarcale de Mme Lopez, qui se tenait à sa place habituelle au haut bout de la table, ses larges mains posées devant elle.

— Madagascar ? dis-je.

— Ne m'en parlez pas, dit-elle, le retour, surtout ! Une panne d'avion à chaque escale ! Ces gens-là auront tout exigé de nous... La dernière minute et le dernier sou... Pour une fois que j'avais écouté mon mari ! Chercher fortune, c'est une misère très spéciale... Maintenant, on s'en sort convenablement...

Elle se renversa avec un rire très sain :

— A peu de chose près, j'ai repris mon ancien métier. Il faut bien faire vivre les enfants.

Mon regard croisa celui de Jeanne dont les lèvres, soudain, s'amincirent :

— Et qu'est-ce qu'ils disent de toutes ces visites ?

— Ils ne se rendent pas compte. Tout ce qu'ils voient, c'est la nouveauté, parfois de belles voitures, et puis, quand je reçois quelqu'un, il y a de la viande sur la table au souper.

Là, elle pouffa carrément. Jeanne la coupa avec sécheresse :

— Mais votre Francine, elle serait en âge de comprendre.

— Et puis après ? C'est une fille de la Méditerranée, une fille de la chaleur. On devient vite majeure à Oran. D'ailleurs, nous n'en parlons jamais. Comme avec mon mari, le pauvre homme. Lui, ce qui l'intéresse dans ces allées et venues, c'est d'avoir de temps en temps les journaux de Paris tout frais, des illustrés qu'on ne pense pas à acheter ici.

Ensuite, Mme Lopez décréta jovialement qu'il fallait parler de choses sérieuses. J'appris que cette diable de femme m'avait retenu une chambre à l'auberge de Mauvezac. Il paraît qu'à tous points de vue, il valait mieux que je m'éloigne.

— Votre dame, ajouta-t-elle en accentuant son

sourire, je la garde ici. Il y a une petite préparation... Elle dînera avec nous.

Jeanne et moi échangeâmes nos désarrois. Ainsi, s'amorçait la séparation des peines, le plus dur, du moins pour moi. Je cherchais désespérément dans quel recoin de cette demeure pourrait bien se tramer la petite préparation.

Dehors, les gosses s'acharnaient à martyriser un vieux clapier. Mme Lopez les écarta pour permettre à Jeanne de m'accompagner toute seule jusqu'au portail où elle me dit : « Sois courageux. »

Je n'eus pas la force de manger, au désespoir de la patronne qui avait mitonné une mouclade de table d'hôtes (Jeanne aurait aimé) et montai dans l'unique chambre mansardée, tendue de cretonne fraîche (Jeanne aurait aimé). La fenêtre ouvrait sur la campagne. On devinait dans le contre-jour d'un couchant radieux de longs tapis d'herbage cloués par des saules bougons, puis, enchâssé dans des talus jaunis, le miroitement des marais sous un ciel bouleversé de volutes où la mer, cette fois, était inscrite. (Là, Jeanne aurait vraiment aimé.)

Mais le partage était désormais interdit entre nous, pour quelques heures, ou pour toujours. Elle était dans d'autres mains, avant de retourner dans celle de son mari, qui croirait qu'elle avait choisi. Enfin, quoi ! nous avions été deux, Jeanne et moi, tous les deux ensemble pour toutes choses. Et du bonheur s'était produit. Du bonheur pour elle ? Le savais-je ? Il aurait fallu s'appliquer davantage à se voir avec les yeux des autres. Comment pensait-elle à moi en ce moment même où j'offrais au soir mon personnage irresponsable, mon absence d'emploi dans la tragédie, quand toute la part active lui était maintenant réservée ?... Mon être tendait vers Jeanne. Je redescendis dans la salle commune et sortis, en laissant derrière moi un sillage de perplexité traduite en patois goguenard.

Cette grand-rue où montait la nuit, les détails m'en resteront gravés, avec ses affiches de quinzaine commerciale ou de concours de pêche, entre deux fragments de chapiteaux, et cette église romane qui s'épanchait sur un ton d'autrefois.

Mes pas me portaient vers la ferme des Lopez. J'en percevais déjà le parfum épais de paille humide et de petit lait. Comme je m'interrogeais avec inquiétude sur la nature de cette lumière, d'une acidité mentholée, allumée sur le faîte, une silhouette gracile se détacha du muretin et, par une sorte d'aimantation, se précipita vers moi, à s'y coller. C'était Francine, la fille aînée des Lopez, jeune fille au corsage acéré sous un visage ardent. Elle se détourna aussitôt pour murmurer de biais :

— C'est toujours la même chose : ils viennent rôder.

— Calmez-vous. J'avais besoin de marcher un peu et je ne connais pas d'autre promenade. Vous-même, qu'est-ce que vous faites ici ?

— Quand j'ai le palu, il faut que je sorte.

— Cela vous arrive souvent ?

Elle s'accroupit au bord de la mince rivière pour prendre une poignée de son eau paresseuse, qu'elle laissa s'égoutter entre ses doigts d'un geste emphatique.

— Chaque fois... chaque fois qu'il passe quelqu'un.

— Êtes-vous si sauvage ?

Elle s'exalta, comme une écolière :

— Justement pas ! C'est vous le sauvage ! Tous les hommes que je vois ici sont des sauvages. Ils me font peur.

Je passai un bras autour de ses épaules. Elle frissonna.

— Vous changerez d'avis.

— J'ai dix-sept ans ; je vois les choses.

— Et vous jugez votre mère ?

— Elle nous élève, et même mon pauvre papa.

Je l'entraînais doucement vers la ferme, comme si je la remettais sur des rails en fuite vers l'avenir.

— Vous vieillirez ; vous vous marierez... Les gens mariés ne viennent pas ici...

Elle m'échappa.

— Je ne veux pas vivre de la mort des autres, souffla-t-elle en s'engouffrant par le portail.

Elle ne m'avait pas laissé le temps de lui dire : « Vous aurez des enfants. »

Le lendemain matin, je me présentai très tôt à la ferme des Lopez. Le mari était là, minuscule et basané, mais la marmaille était aux champs, à l'exception du plus petit qui tripotait un bimbelot où je reconnus un bracelet de Jeanne. « Votre dame est bien gentille, elle nous a amusés toute la soirée », fit Mme Lopez, survenant dans une blouse blanche qui donnait de la majesté à sa rondeur. A mon mouvement de tête, elle vit que mon souci était ailleurs et le prévint dans un sourire :

— Rien encore, dit-elle, je l'ai envoyée visiter le jardin pour se détendre. Le moral est gai mais l'organisme est très nerveux.

Déjà, Jeanne réapparaissait, champêtre et pâle. Je crus qu'elle feignait de ne pas me voir pour me signifier que, moi, je ne faisais pas partie de la maison et que j'avais à me tenir en marge des opérations. Elle alla droit à Mme Lopez, sa mère, sa sœur, sa complice : « Madame, j'ai trouvé ça au fond du potager. » Elle tenait triomphalement un œuf à la main, dont l'autre se saisit pour l'agiter sous le nez du benjamin qui levait les bras en poussant des cris : « Regarde ce que la dame a pondu ! » Jeanne en profita pour se rapprocher enfin de moi.

— C'est sous les toits, souffla-t-elle, beaucoup plus propre qu'on pourrait imaginer. Tout à fait nickel, incroyable ! Et cette femme est vraiment tonique.

— Alors... confiance ?

— C'est-à-dire... Tiens, garde toujours ça.

Elle me tendit sa lourde gourmette sertie de pièces d'or au moment où Mme Lopez s'imposait entre nous.

— Allons-y gaiement ; on va faire un petit essai, dit-elle en entraînant à l'intérieur de la ferme Jeanne, qui se retournait.

M. Lopez fit un pas vers moi et j'entendis pour la première fois le son de la voix :

— Si vous voulez, dit-il timidement, je vais vous montrer mes ruches.

Saint Sébastien des luzernes, transpercé par des lances de feu, le ciel m'écrasait sous un casque nacré et je penchais mon front ruisselant sur un alignement de gros cubes en bois dont une face était vitrée. Je faisais semblant de m'intéresser. Cet exercice d'impatience travestie durait depuis que nous avions quitté la ferme. L'ancien pionnier de Madagascar était un être simple et doux mais il se débondait maintenant avec l'enjouement subit d'un prince consort émancipé.

— Mon camarade, voyez comme c'est ingénieux, répétait-il. Un tablier mobile à plan incliné, dix grands cadres pour le rayonnage, et le tour est joué. C'est un modèle que j'ai bricolé, intermédiaire entre la ruche Villageoise de Millau et celle du Carme de Blangy.

J'appréciais l'inconscience ou le tact de cet homme qui ne faisait aucune allusion à ce qui se passait là-bas, sous les toits, à la hauteur des branches d'un chêne bien éternel, mais le temps en courant m'emmenait de plus en plus hors de cette prairie bourdonnante.

— Vous ne faites pas attention, mon camarade, vous avez tort. Il y a beaucoup à apprendre ici : tout est dans tout... Par exemple, ces machins que vous voyez là contiennent de vraies petites républiques et c'est pourquoi je suis républicain. J'aime mon prochain, ma femme l'aide. Exception pour les curés... Sauf un vieux, qui avait la passsion des fleurs. Mais de l'horticulteur à l'apiculteur, c'est comme qui dirait du producteur au consommateur. Eh oui ! mon camarade, mes petites bestioles — j'en ai eu jusqu'à des deux cent mille —, à partir du printemps, se mettent à tout bouffer dans un rayon de cinq kilomètres : le lis, le trèfle, la sauge, l'origan, le romarin, le pavot, le mélilot, l'acacia et surtout la passerose qui est un délice local.

— Et l'iris ?

— Pourquoi l'iris, mon camarade ? Nous n'en avons guère que dans les marais.

Il me revenait une note d'Ernst Junger, durant la Campagne de France : « Un iris mauve à brosses d'étamines jaunes d'où m'a toujours paru émaner un pouvoir érotique considérable : la jouissance des abeilles et des bourdons qui les pompent doit être extraordinaire. » Comme s'il avait connu la citation, M. Lopez enchaîna :

— Cette présence des plantes est très importante parce que c'est autour des calices que le bourdon, ou plus exactement le faux bourdon, rencontre la reine... En bon républicain, je préfère l'appeler la « mère »... Il n'y en a qu'une par ruche, elle est unique, quoi ! On n'a qu'une mère... Autour d'elle gravitent toutes les activités de la société. Si elle disparaît, c'est la fin des haricots : les abeilles ouvrières perdent courage, cessent de travailler, se mettent à dépérir.

— Mais, cette dame a un mari ?

— Là, mon camarade, vous touchez un point délicat. La mère se fait-elle féconder plusieurs fois et par plusieurs mâles, on n'a jamais pu savoir. Ce qui est certain, c'est que ça ne se passe jamais dans la ruche, jamais à la maison, toujours dans les champs et les jardins, au cours d'une promenade parmi les fleurs. Moi, je m'arrange pour isoler un couple royal...

C'est alors que la pensée absurde me traversa que Jeanne aussi était sortie de chez elle pour venir me retrouver, souvent à l'abri d'un bouquet, parfois en rase campagne et, à l'instant du couronnement, toujours solitaires. Un couple royal ! utopie de tous les amants.

— Je voudrais bien voir ces héros, dis-je.

— Vous n'avez qu'à vous baisser, mon camarade.

Ce que je fis, collant mon œil à un hublot rectangulaire. Tout vibrait dans l'atmophère torride. Je n'aperçus d'abord qu'un magma, traversé de reflets fauves, dans un paysage miniature de H.L.M. dégoulinantes. Une société, ça ? Les abeilles habitaient une grille de mots croisés, avec ses verticales et ses horizontales, qui eussent bavé. Mais M. Lopez commentait dans mes cheveux :

— Ce que vous verrez surtout, ce sont les ouvrières, les plus nombreuses, les plus frêles, d'un jaune aurore, luisant et poli : petites flamandes ou petites hollandaises, très laborieuses (les grises sont farouches et pillardes). Elles meurent au travail avant d'avoir dix mois, occupées à bâtir ou nourrir, sans jamais connaître les belles promenades fécondantes...

— La reine ?

— La mère, vous ne pouvez pas l'apercevoir en ce moment. Au milieu de ses sujettes innombrables, elle est occupée à sa besogne essentielle de reproduction dans une cellule royale. Mais je peux vous dire qu'elle possède un joli corps allongé et une tête triangulaire.

— Triangulaire ?

— Oui, mon camarade, et elle voit des choses que les autres ignorent. Heureusement ! car, lorsqu'elle est lourde, elle n'a pas beaucoup de défense ; sa seule ressource est dans sa dignité.

— Et les mâles ?

— Le faux bourdon, ah ! là, là... Celui-là n'a pas de moyens de défense du tout, ni d'ailleurs d'outil de travail. Il se contente de se goberger autour de la seule femelle du lot, mais il le paye cher. Quand il a réussi sa petite affaire, les ouvrières le privent de manger, puis le massacrent sans pitié. Putain de sa mère ! Vous le reconnaîtrez à son abdomen plus massif, extrêmement velu, et à ses bons gros yeux. C'est une terrible histoire d'amour, pauvres de nous !

Sans partager son affliction, je ressentais comme un malaise. Pour le dissiper, je demandai à M. Lopez :

— Et l'essaim dans tout cela ?

— Ça, mon camarade, ce sont des émigrés comme nous, Lopez et compagnie. Quand une ruche est trop peuplée ou quand la bagarre n'est plus supportable, des abeilles se groupent pour aller coloniser ailleurs... Pauvres de nous !

A ce moment, un appel assez semblable à celui du muezzin se propagea par-dessus les haies. Sans trop savoir pourquoi, mon cœur se précipita. « Tiens ! dit simplement M. Lopez, les enfants sont rentrés des champs. Vous resterez bien déjeuner avec nous ? » Et il retira les gants à crispin qu'il avait enfilés pour donner du poids à ses propos.

Désireux de n'être pas en reste de sang-froid, tandis que nous empruntions un chemin creux entre les noisetiers, je lui dis la première chose qui passa par ma tête absente :

— Vous habitez maintenant une belle région, pleine de nuances.

Il réfléchit.

— L'ennuyeux, mon camarade, c'est qu'on meurt jeune dans le pays...

Il suspendit sa phrase, regarda ses galoches dans la poussière, se reprit :

— A mon avis, c'est qu'on boit trop.

Mme Lopez nous attendait au milieu de la cour. Elle avait remis son sarrau taché et ses sabots. Elle tapait dans ses mains en lançant « A table ! à table ! » avec un entrain de bon aloi. Au passage, elle me fit, de la tête, un signe d'acquiescement.

Dans la salle, je ne vis d'abord que la famille disséminée sur des chaises et des bancs. (Chose curieuse : je remarquai qu'il manquait Francine.) Le dossier de l'unique fauteuil où elle était enfouie, un sourire polaire sur les lèvres, m'avait dissimulé Jeanne. Elle serra très fort mes doigts entre les siens. Je me réanimai :

— Les enfants, j'ai pris une belle leçon d'histoire naturelle, ce matin !

Jeanne fit un effort en direction de M. Lopez.

— J'espère qu'il ne vous a pas trop importuné. Parfois il est un peu pesant, parfois distrait.

— Nullement, dit M. Lopez, mais il m'a paru, en effet, assez inattentif, j'aurais voulu lui expliquer...

Mme Lopez le foudroya et la conversation prit un tour si languissant que c'est tout juste si l'on n'échangea pas la promesse de se retrouver l'année prochaine, aux vacances. J'avais hâte d'écouter Jeanne. Enfin, Mme Lopez se leva.

— Vous ne prendrez pas le car ici, dit-elle. Papa va vous conduire directement à Angoulême, il n'a que ça à faire. Ce sera toujours autant de gagné sur la touffeur et les cahots. Et puis, je ne préfère pas...

Fallait-il qu'elle eût de grands pouvoirs pour que son autorité ne détonnât pas avec son accoutrement. Si je dis que, tous trois, nous partîmes tête baissée, je m'entends.

La voiture nous abandonna dans les faubourgs de la ville, interdite à la circulation par des barrages de police et l'écoulement diffus des manifestants qui avaient la ferme ambition de se regrouper sur les rives de la Charente. Le grand défilé promis menaçait, à chaque instant, de tourner à l'émeute. Dans cette lave je parvins à guider Jeanne, qui chancelait, jusqu'aux abords de la gare.

Le dégagement du terre-plein offrait un point idéal de rassemblement. Il bouillonnait d'une cohue d'hommes en tricots de corps et de femmes chapeautées du papier qu'elles fabriquaient à longueur d'année et qui servait aussi à composer à la hâte des banderoles explosives. Des serpentins de plusieurs tonnes se déroulaient sur les avenues, fauchant des groupes. Le temps de l'accordéon était passé. Aucune figure de la danse : les coudes entrelacés, travailleurs et travailleuses bloquaient l'accès à la station. L'ivresse fulgurante de la puissance immédiate troublait les objectifs. Les uns prétendaient annexer les cheminots à leur cause et empêcher de partir les trains ; les autres, féroces abeilles d'Angoulême, accablées par trois semaines de manque à gagner et d'imprécations domestiques, vociféraient des slogans en faveur de la libération de la femme, de la régularisation des naissances, de la contraception, de l'avortement, que sais-je ?

— Je crois que je vais m'évanouir, souffla Jeanne. Tu sais ce que je t'ai dit...

Sous les menaces, je m'avançai vers une des meneuses et lui murmurai quelques mots. Elle m'écouta en reprenant souffle, puis se tournant vers ses compagnes, avec la voix qu'on imagine à *La Marseillaise* de Rude :

— Camarade ! Laissons passer cette femme et ce gars-là.

Son corps allongé sur toute la banquette, Jeanne somnolait douloureusement. Son visage triangulaire laissait entrouverte cette belle bouche qui ne puiserait plus dans le nectar des fleurs.

Dans le couloir, je commençais à accueillir les remords et, surtout, les regrets qui s'encadrent dans une baie vitrée où s'installe le crépuscule. Mais, passé Orléans, j'avais pris le parti de me dire que Jeanne n'avait jamais attendu d'enfant ; elle avait été enceinte, voilà tout : une maladie dont j'avais contribué à la guérir. La preuve, c'est que les ouvrières avaient épargné le faux bourdon que j'étais.

Paré pour reprendre ma place dans la société, contre la barre de cuivre j'appuyai mon abdomen massif, extrêmement velu, d'un brun fauve.

Le Printemps

PROPOS EN L'AIR

De Sam Rutherford à Pamela Sturgess
Dans le Cosmos, Premier Avril 197...

Ma chérie,

La dernière lettre que j'ai reçue de vous, avant de quitter la base, me disait qu'à mon ton, vous me trouviez transfiguré, lointain déjà et comme sublimé, plus aérien en somme. Il est vrai que les mots d'un cosmonaute en partance sont ceux d'un être qui n'est déjà plus tout à fait de ce monde.

Les protestations répétées que je vous faisais de mon amour en étaient, du moins le croyais-je, le testament. Les longues semaines d'isolement auxquelles nous étions soumis, Archibald et moi, me mettaient en présence de moi-même. J'essayais de montrer à Archie qu'avant de s'éloigner de la Terre, il faut s'attacher à elle et que vous en faisiez tout le prix. Lui, c'est un dur, toujours prêt à jouer le fils de l'air, et qui regarde cela de très haut. Il me répondait : « Vieux Sam, écris-lui surtout qu'elle demande à son papa d'acheter cette ferme dans le Connecticut, parce que vous en aurez besoin quand vous serez mariés. » Naturellement, je n'en ai rien fait jusqu'à ce jour, où je vous envoie ce premier message de l'espace, mais quand on s'élève à ce point, c'est presque un devoir de conserver les pieds sur terre.

Voilà donc vingt-quatre heures que nous décrivons notre orbite autour de ce globe, qui se réduit pour Archibald aux dimensions d'un ballon de football et, pour moi, à votre seule présence. Où est le temps où vos parents me reprochaient de tourner autour de vous ? Je tourne, et j'éprouve l'impression, en ce moment même, de vous aimer avec l'approbation de l'univers. Comme disent les astronomes au sol : quelle révolution !

Sur le tableau de bord, des dizaines de cadrans me dévisagent mais je demeure insensible à leurs clins d'yeux. De tous les renseignements que notre mission est chargée de recueillir, le seul certain, le plus précieux, m'est fourni par les battements de cet instrument fou et infaillible qu'on appelle le cœur. Il m'a déjà révélé que mes sentiments pour vous, loin d'être altérés par la distance, s'accroissaient encore avec l'altitude et que, franchie la stratosphère, seul l'amour me dictait des projets qui ne soient pas dans le vide.

Autour de la poitrine, aux chevilles, aux poignets, des tubes et des fils nous donnent signe de vie, à mon jumeau et moi. De tous les liens qui nous rattachent à la vieille planète, le seul pourtant qui m'importe et m'oriente est la pensée que vous pensez à moi.

Mieux : il me semble, par moments, que vous habitez, vous aussi, notre capsule, entre Archibald et moi. Mais je suis le seul à m'en apercevoir parce que moi, j'ai une âme. Lui, il est là, étendu à mon côté comme une momie déboulonnée, gisant parallèle dont je consulte en vain le sourire inerte à travers le hublot du casque, cadran supplémentaire et inutile.

Tout à l'heure, Archibald va se lever pesamment, comme il fait toute chose. Il va tourner des manettes et soulever le couvercle de l'habitacle pour aller faire son petit numéro de « piéton de l'espace ». Alors, nous resterons seuls tous les deux et je vous dirai... je vous dirai...

Je vous dirai — mais il est trop tard — d'oublier ce que je viens de vous transmettre, car je m'y suis trahi. Je ne sais presque rien de vous, sinon que vous êtes en âge de lire le journal : avec le monde entier, vous avez donc appris que c'est à Sam Rutherford qu'il incombe de sortir de la cabine, et non à Archibald Moore. Mon âge, ma compétence, mon caractère, certains disent ma dureté, m'ont assigné le rôle de chef de cette expédition. Je ne dois pas quitter le bord de ce vaisseau, que vous peuplez complètement puisque vous me remplissez le cœur, l'esprit. Phénomène déjà lointain, qui remonte au jour où j'ai commencé à vous écrire, sans vous connaître.

Tant pis ! il est inutile de continuer à s'efforcer de jouer plus longtemps la fameuse scène du balcon du vieux Cyrano de Bergerac, ancêtre de tous les cosmonautes. (Mais si, rappelez-vous, à l'école : les cent moyens de se rendre dans la lune ! Et quand, tapi au pied du banc, il souffle à Christian sa déclaration à Roxane.) Surtout quand c'est vous qui êtes en bas, quand c'est nous qui sommes en haut, si haut...

D'ailleurs, si je me tourne péniblement sur le côté pour regarder Sam, engoncé dans le scaphandre monstrueux de la N.A.S.A., avec son rictus figé de gros poisson à la vitre d'un aquarium, je me dis que nous nous ressemblons tellement que tout cela n'a pas tellement d'importance dans l'instant présent. A ceci près, comme je vous le répète en mon nom personnel cette fois, que moi, j'ai une âme.

C'est sans doute la raison pour laquelle Sam est venu me trouver, le lendemain de notre arrivée à la base : « Vieil Archie, m'a-t-il dit, j'ai comme une petite fiancée dans le Connecticut. Et voilà que je ne trouve plus mes mots, des mots à la hauteur de la situation... » Moi, pauvre Archibald Moore, je n'avais personne, hormis quelques copains de régiment, de stade ou de bistrot, mais, je l'ai découvert peu à peu, des chants m'étouffaient. Depuis lors, je vous ai écrit à la place de Sam, comme on écrit à personne, je veux dire à une destinataire impersonnelle. Jusqu'au jour où « personne [1] » est devenue cette personne à qui je parlais tendrement, alors que j'ignorais la tendresse, gaiement, alors que j'étais plutôt morose, légèrement, alors que je suis plutôt lourd (je crois vous l'avoir fait comprendre, à travers le regard que je prêtais à Sam, dans tout ce qui précède cet aveu). Le résultat est que le vieil Archie s'est pris d'amour.

Surtout, ne croyez pas que je vous aime parce que je vous rêve. A aucun moment, je n'ai éprouvé la tentation, ni même le désir, de lire les lettres que vous adressiez à Sam en réponse aux miennes. Son bonheur satisfait était ma récompense. Pour le reste, il ne me fournissait qu'un minimum de détails concrets, presque médiocres, comme la ferme dans le Connecticut par exemple. Je n'allais pas plus loin. L'écho de ma propre voix contre un fronton inconnu introduisait, chez l'ours mal léché que je suis, une douceur de miel. A la limite, j'aimais parler sans qu'on me répondît. Mais je ne sais pas parler tout seul. Je ne suis pas un homme d'intérieur.

Ma chérie, je vous aime, non point parce que je ne vous connais pas, mais parce que vous ne m'avez jamais dit, et ne me direz sans doute

1. *Nobody* dans le texte.

jamais : « D'où viens-tu si tard ?... Tu as encore bu !... Où vas-tu, ce soir ?... Ah ! si j'avais su... Regarde les autres... Qu'ai-je fait aux cieux ?... Tu me rendras folle... Sois un peu sérieux... C'est la dernière fois... Des copains, vraiment ?... Je ne te comprends pas... Tu vaux beaucoup mieux... Qu'est-ce que tu comptes faire ?... Tu as tout gâché... Remue-toi un peu !... Je ne compte guère... Pour qui te prends-tu ?... Je ne comprends pas... Ma vie est fichue !... Mais, regarde-toi !... On m'avait prévenue... Que c'est loin tout ça !... Tu as encore bu... Je ne comprends pas... »

Ma chérie, mon inconnue, pour tout vous dire : je vous aime parce que, *Vous,* vous ne me connaissez pas.

Archibald MOORE.

P.-S. — Par égard pour nous trois, il va de soi que je mets tout en œuvre pour brouiller ce message, à mesure que je l'émets. Mais il fallait que je lance cette bouteille dans l'éther, comme il y a des bouteilles à la mer. Si par malheur les experts de la N.A.S.A., ou quelque habitant d'une autre planète, la recevaient, ils penseraient simplement que j'étais dans la lune (ce qui ne saurait tarder). J'en serais néanmoins extrêmement gêné, parce qu'il n'est pas exclu que nous nous rencontrions, un jour où je n'échapperai plus, comme en ce moment, à la pesanteur.

NOUS RENTRERONS A PIED

Enfin, j'aurai connu une histoire d'amour. Il est vrai qu'elle fut celle des autres. Mais ma cabine s'en trouve éclairée pour le reste de la traversée et j'évite désormais de poser des objets incongrus sur la couchette du haut, que Maxime Aigueparse a occupée quelques semaines, avant de se décider à mettre sac à terre.

Ma position, par 75° de longitude ouest et 55° de latitude sud, indique que je me trouve à la hauteur de la Patagonie. En me dévissant hors de l'écoutille j'aperçois la tour Eiffel à moins de cinq cents mètres.

Lorsque j'ai rencontré Maxime, je vivais depuis six mois dans les conditions d'un tour du monde à la voile en solitaire, à bord d'un cotre gréé en ketch, amarré pour toujours au quai de la Conférence, où les plaisanciers sur la Seine laissent hiverner leurs bateaux. J'avais rompu avec les prises de courant disposées sur la berge et toutes les sollicitations du confort. Je n'étais plus relié au train de l'univers que par les bulletins de la Météo, les émissions radiophoniques à l'usage des navigateurs, les éditions spéciales des journaux, humidifiées par l'évocation des cyclones et des typhons. Au rapporteur et au compas, je présumais ma route sur le cachemire grisâtre des cartes marines, tenant compte des fonds, des courants et des alizés. Quand les péniches, pointant du nez dans la remontée du fleuve, défilaient devant mon hublot, j'avais l'impression d'avancer. D'autant plus qu'elles me concédaient un léger clapotis.

Par petit temps, il m'arrivait de ne parcourir sur la carte qu'un mille dans la journée. Car je n'évaluais plus les distances qu'en milles, même celle qui me séparait des Folies-Bergère, où mon travail de machiniste en soirée m'obligeait à manœuvrer de vrais cordages. Mais je n'adressais la parole à personne et me refusais les facilités de la cantine. Par gros temps, ou si l'on signalait un vent de force 7 à l'endroit où je me retrouvais, renonçant à brancher le pilotage automatique, je me faisais porter malade. Une fois que je franchissais le « Fortieth Roaring », le rugissant quarantième parallèle, je dus rester quinze jours sans monter sur le pont. La provision d'eau s'épuisait, les vivres vinrent à manquer. A l'escale suivante, dans la rue du Bac, que j'atteignis, hâve et dépenaillé, je me fis livrer un quintal de conserves, qui attirèrent sur moi l'attention des épiciers. On ne tarda pas à m'appeler « le mythomane du quai de la Conférence ». Aujourd'hui encore, je crains qu'on ne me prenne pour un misanthrope ou un original délibéré : cette croisière consacre simplement cinquante années de célibat, avant que je m'élance sur le déversant flamboyant de mon âge, avec des économies accrues. Et puis j'aime la mer et ses rites obligés, non les habitudes déménagées qu'imposent les voyages. Un peu plus aventureux, je me serais fait jardinier.

Ce soir-là, où je mouillais au large de Sidney, j'avais décidé de tirer une bordée carabinée dans George's Street. Poussant la porte du *Honeymoon Bar,* je me retrouvai devant le comptoir du *Courrier de Lyon.* Mes éclipses, entrecoupées de goguettes abusives, avaient un peu éloigné de moi mes anciens compagnons de bistrot. En la circonstance, ils s'ouvrirent pour me faire les honneurs d'un nouveau venu de marque : l'international de rugby Maxime Aigueparse, occupé à jouer aux cartes, installé là comme chez lui.

Je reconnus aussitôt ce visage plein d'excitation, malgré les mâchures d'une fatigue profonde. Je gardais de lui un jeu d'images qui le montrait, entre deux trains, sous le maillot ou le blazer civil de l'équipe de France, dans le cœur de l'hiver, lorsqu'il venait passer quelques moments avec nous et s'en trouvait bien. Il avait été adopté, comme on peut l'être par une rue parisienne, qui accueille volontiers la célébrité apprivoisée. Ce gai compagnon, que les experts britanniques tenaient pour le meilleur trois-quart centre en activité, entrait dans la vie quotidienne des autres comme le soleil se lève. Sa façon de vivre et sa façon de jouer, également fantasques, se confondaient. Elles provoquaient l'engouement. La palette des affections qu'Aigueparse avait su s'attacher qualifiait un être qui marquait irrésistiblement ceux qu'il approchait. Il justifiait cette affirmation de Montesquieu qu'on peut être amoureux de l'amitié. Sachant tout sans avoir rien appris, il possédait le sûr instinct qui conduit droit à ce qu'il y a de bien et un goût fougueux de l'existence sous ses formes les plus amples et les plus cascadeuses. Le sourire de Maxime, Maxou pour tout un peuple, son rire, son débit précipité, la flamme de ses yeux, sa mèche en débandade, lui conféraient la beauté du Bon petit diable. Il était de la race des enfants de chœur qui boivent les burettes en cachette mais se feraient hacher menu plutôt que d'abandonner le Saint Sacrement.

Voilà que, dans la tiédeur des jours rallongés, vêtu d'une chemisette ouverte jusqu'au ventre et chaussé d'espadrilles enfilées comme des babouches, il proposait à notre décor routinier une silhouette de clochard illustre.

La saison de rugby tirait à sa fin, il n'y avait plus de matches internationaux dans l'air, le club de Saint-Aureil, ce Stade Aurélien dont Aigueparse nourrissait la renommée, avait été éliminé du championnat. Pour quelqu'un qui revenait de loin, sa présence était une énigme.

— Maxou est parti de chez lui, me souffla un compère.

— Il change de club ?

— Non.

— De femme ?

— Non plus. Il nous est débarqué, il y a deux ou trois semaines, les mains dans les poches. Depuis, il ne bouge plus d'ici. Gentil avec tout le monde. Il dort à gauche et à droite, chez l'un ou l'autre. Il prend des somnifères, la nuit, des stimulants dans la journée, il boit beaucoup. On a beau lui poser des questions, il ne parle jamais de rugby. A mon avis, il est devenu incapable de voir son chemin, à partir du moment où il n'a plus été sélectionné dans l'équipe de France.

Il était certain que Maxime était revenu là où il ne comptait que des amis, des partisans, poussé par une force animale chargée peut-être d'un poids de mélancolie. Parmi cette assemblée rassise, l'aimantation, qui pousse un vagabond vers un autre, se produisit. Il était aussi mal rasé que moi, nos barbes nous rapprochèrent.

— Je vois que vous ne savez pas très bien qui je suis, dit-il, sans la moindre nuance de prétention.

— Si, j'ai entendu parler de vous, autrefois.

— Mais, je ne suis pas mort ! Je jouais encore il y a deux dimanches.

— C'est moi qui ai pris le large, dis-je, et vous, qui ne me situez pas. Tel que vous me voyez, en ce moment, je suis en rade de Sidney.

Ce propos parut l'enchanter : « J'ai connu l'Australie avec l'équipe de France. C'était en fin de tournée, quand nous rentrions de Nouvelle-Zélande, généralement battus et perclus, avec nos sacs bourrés de points de pénalité et de petits objets. Le Cricket Ground de Sydney nous semblait vaste et reposant car il était à moitié vide, les indigènes préférant le jeu à treize. J'en profitais pour voir du pays. J'ai poussé jusqu'à la Grande Barrière, paradis périlleux du corail, où j'ai plongé. La baie de Sidney est majestueuse. Un pont la traverse, à grandes enjambées, qui porte un chemin de fer. Rien qu'en ouvrant les yeux, on a l'impression de se déplacer à tous les étages de soi-même... Vous devriez vous dépêcher de finir votre verre, parce que les pubs ferment très tôt... Là-bas, à partir de onze heures du soir, les clients enfouissent dans le sol des restaurants de nuit leurs boissons alcoolisées : on les voit, ensuite, ramper à quatre pattes pour retrouver leur bien. Nous n'étions pas les derniers, dans cette course au trésor... »

Je lui proposai un lit à bord. Il n'avait pas de bagage. Je lui prêtai un chandail de matelot.

Chaque soir, le jeune homme venu de Saint-Aureil racontait le monde au navigateur immobile. Il partageait mon mode de vie, qui l'amusait. « Au moins, ici, on ne viendra pas me chercher. Quelle est la position aujourd'hui ?

— 170° Est par 33° Sud. Nous devrions apercevoir Auckland. »

La Nouvelle-Zélande tout entière envahissait notre cabine et la place de la Concorde, dont les feux excitaient les fleurs tendres des marroniers, s'en trouvait rétrécie. Maxime, en compagnie des Maoris, avait chassé les puffins, les petits oiseaux aux pattes fuselées, dans l'île Stewart, au mois d'avril, comme maintenant. Et nous avions l'air un peu niais, les jambes pendantes, à boire de la bière en boîte, la bouche pleine d'histoires.

J'appris qu'un matin, sans avis officiel, en donnant la dernière impulsion à la perche prolongée d'un crochet qui soutendait le rideau de fer de sa vitrine, Maxime Aigueparse avait reçu de plein fouet la nouvelle dont il attendait depuis quelque temps la confirmation avec une impatience amère : de l'autre côté de la place, à la terrasse du café-bar *Le Coup Franc,* vingt journaux, déployés parallèlement, proclamaient qu'il ne faisait plus partie de l'équipe de France de rugby. Maxime marqua un pas de retrait vers les profondeurs de la boutique, d'où il revint porteur d'une affichette, fraîchement calligraphiée : « *Nous avons reçu du poil à gratter.* » Ensuite, il s'ingénia à disposer le plateau d'un petit déjeuner pour Madeleine, son épouse, qui dormait encore à l'étage au-dessus. Il calcula qu'il venait d'avoir trente ans et que, pour la première fois depuis leur mariage, il passerait les vacances avec sa femme. En revanche, il négligea cette évidence qu'il continuerait d'ignorer tout du Japon, vers lequel ses compagnons allaient s'envoler sans lui, au début du mois d'août. Pour cette année, les plages des Landes et de la vie quotidienne lui seraient un champ d'exploration suffisant. Il le dit à Madeleine, qui se mit aussitôt à pleurer, les yeux fermés.

Lorsqu'il n'était plus resté, à Saint-Aureil, aucun bureau de tabac, aucun bistrot, aucun magasin d'articles de sport, à attribuer aux joueurs de l'équipe première, les dirigeants du Stade Aurélien avaient tout naturellement songé à restaurer l'ancien stand de Farces et Attrapes de la place des Sablions à l'intention du cadet des frères Aigueparse, dont les talents, reconnus à travers tous les terrains, rattachaient chaque semaine cette modeste sous-préfecture au système nerveux du monde. Cette raison sociale lui allait bien au teint. Elle posait une touche légère sur son existence et contribuait davantage encore à conduire à lui la jeunesse et les joyeux drilles.

Madeleine était une femme sans grands défauts, souvent perdue dans des rêveries littéraires, et qui n'offrait que peu de prise. Elle n'avait pas cette vocation matriarcale qui instaure la femme du champion, absent ou requis, dans la dignité de vestale et lui confère le gouvernement absolu de l'entreprise et des enfants. La prospérité intermittente de la boutique était suspendue à la magie amicale de Maxime. Pour les enfants, ils avaient dû très tôt se résigner à n'en pas avoir.

Ainsi, ce garçon aérien, boulevardier de nos nuits, ce soleil qui avait tourné autour de la terre, ce baladin des cinq continents, savait-il que, lorsqu'il rangerait ses chaussures à crampons, son horizon se limiterait strictement à la grand-rue de Saint-Aureil et à la place des Sablions, qu'il finirait par se confondre avec la masse hébétée de ses concitoyens.

C'est un étrange destin que celui de ces grands passagers du sport, pour qui la planète, puis l'Europe, puis la France, se mettent soudain à rétrécir comme la peau de chagrin et qui, se réveillant un beau et triste matin, ne sont plus que de leur village.

Le sport est sans doute la seule discipline humaine où la fleur de l'âge se fane sur pied, où les testaments se font à trente ans. C'est un canton où les monstres sacrés n'ont pas droit de cité. Encore faut-il que la mort du champion coïncide avec la naissance de l'homme. Cette reconversion, ce double démarrage qui lui est nécessaire pour accomplir totalement sa vie est délicat. Et pour passer de Maxou à Maxime, quelle agonie tumultueuse, quelle insidieuse ménopause !

— Quand Madeleine a été tout à fait réveillée, dit sombrement Aigueparse, elle a murmuré : « Mon pauvre vieux. » Croyez bien que je n'en faisais pas une affaire d'amour-propre. Mais une vaste panique, à la mesure de tout ce que j'avais connu durant dix ans, m'a saisi. Je me suis vu, sous le regard des autres (et sachez qu'on passe le temps à se regarder, à Saint-Aureil), je me suis vu fixé dans l'ivrognerie et l'obésité à la terrasse du *Coup Franc,* les enfants détournés de moi par de nouveaux élans, les vétérans essayant de m'embobiner dans le fil d'une interminable veillée. Un jour qu'un camion routier s'était arrêté pour faire le plein chez mon frère, j'ai sauté dedans, comme j'étais.

— Et Madeleine ?

— Je ne savais pas comment lui expliquer. Je lui ai écrit une longue lettre, elle n'a pas répondu. Le téléphone, non plus. L'adresse du *Courrier de Lyon* lui aura semblé bizarre. Elle doit croire que je fais la bringue. Les autres, aussi. Peut-être même avec des filles. Les langues doivent aller bon train.

— Pour votre femme, il faut rentrer.

Le désarroi réapparut sur son visage, comme si on le menaçait de le priver du monde et de son infini.

— Je ne sais pas quand. C'est plus fort que moi : je ne peux pas me déprendre de tout cela...

Il eut un geste vague à l'adresse de Paris, dont il ne percevait que le ronronnement amplifié par la tranchée du fleuve. Ensuite, il s'égara dans des évocations britanniques où je le suivais sans peine, ayant jadis accompagné certains de ces déplacements.

Ce fut Lansdowne Road, en Irlande, d'abord réduit aux dimensions d'un terrain de jeu, entouré par des écoliers qui chantent *Old soldiers never die,* « les vieux soldats ne meurent jamais ». Puis les cornemuseux, tout de noir vêtus, ne tardèrent pas à faire leur apparition, ainsi que les nuages migrateurs, nuées où baigne Dublin, qui renouvellent sur la pelouse un manteau permanent d'arlequin. Même la traditionnelle locomotive haut-le-pied était là, qui semble mener un va-et-vient sur le toit des tribunes durant les quatre-vingts minutes de la partie. Le reste trouvait son prolongement dans le souvenir qui nous trimbalait sur les bords de la Liffey, rivière pudique comme une rosière qu'on aurait contrainte à faire le trottoir, au zoo où des yeux mauves fleurissent au cœur des élégances foraines, le long des docks, enfin, où l'innombrable flotte des bières Guiness jauge ses précieux tonneaux couleur de tourbe sous un ciel habité par le cri rouillé des dragues et des mouettes.

Plus tard, à Twickenham, dans la banlieue de

Londres, je reconnus, pudique et furtive, la longue file rubiconde des gentlemen de quinze heures moins le quart qui font des lavatories de La Mecque du rugby le plus haut lieu de la compétence joviale en matière de vessie, sous quelque forme que ce soit, et surtout ovale. Là surgit, débusquée dans la foule, la silhouette d'un vieillard effaré, tel un oiseau de nuit sous un chapeau haut de forme enrubanné de l'Union-Jack. Ailleurs, quelques contestataires, qui tentaient d'ériger un lopin de gazon en annexe d'Hyde-Park, se trouvèrent refoulés à grands coups de tétons par ces mammifères débonnaires que sont les policiers de la rue londonienne. Enfin, la prairie elle-même nous fut donnée, impatiente et vide, dans l'écrin sans fioritures des hangars majestueux qui lui servent de tribunes. Quelque part, des fanfares disparates exécutaient de vieux airs, enluminés par l'évocation du punch et d'une branche de houx. Noël n'est jamais loin en Angleterre et de nombreux ancêtres se parcheminaient, effectivement, sous leurs plaids, drapés dans une dignité de caciques qui garantissait l'orthodoxie de la cérémonie.

— Je vous parlerais bien du Cap, quoique je n'aie joué que devant les immenses falaises de verdure de Johannesbourg, dit Aigueparse. Mais j'aimais me recueillir en ce point de la baie de la Table où l'on distingue d'une façon tangible la ligne de partage des eaux où s'entremêlent l'océan

Atlantique et l'océan Indien. Car, je vous le répète, ce n'est pas la vanité d'avoir fait chanter le coq gaulois qui va me manquer désormais, c'est l'aubaine des paysages et des rencontres que provoque une vie élargie. J'étouffe déjà à Saint-Aureil, dans une peau dont chaque ride m'est prévisible. C'est pourquoi mon voyage préféré était peut-être le plus court, quand le match avait lieu au stade de Colombes. A Paris, je ne laissais rien perdre de l'enrichissement. J'aimerais retourner à Colombes... Dès que vous estimerez que nous pouvons toucher au rivage.

Le pèlerinage à Colombes lava Maxime de quelques enfantillages. Les lointains d'Argenteuil aux peupliers embrumés par les fumées d'usines, le plat vaisseau de béton et de ferraille, certains fantômes amicaux, le remirent sur des rails raisonnables. Aux gamins des gardiens qui l'avaient reconnu et lui demandaient de signer des bouts de papier, il répondit « Non, non, tout ça, c'est bien fini. » Le soir même, après s'être rasé, il se faisait conduire à la gare d'Austerlitz. J'avais aimé partager avec lui ce temps dérobé à l'histoire et à la géographie.

Une heure plus tard, il me réclamait la passerelle et regagnait le bord.

— Je n'ose pas retourner là-bas, dit-il, je suis allé trop loin. Il faudrait que vous, vous voyiez Madeleine, que vous la prépariez, lui disiez que nous n'avons rien fait de mal. Elle est capable d'accès de fierté très violents et de sursauts de colère ; elle a du sang espagnol.

— Très bien, lui dis-je, je partirai demain. Je vous confie la barre.

Le chemin de fer ne va pas jusqu'à Saint-Aureil. Il faut prendre à Limoges un car qui épouse les méandres du cours de la Gloutonne. Les usagers n'ont d'yeux que pour des mirages de truites et d'emblavures précoces dans les champs du voisin.

En ville, je ne retiens pas de chambre. Ainsi, ai-je davantage le sentiment d'être du parti de l'exilé. Mais mon cœur ne peut s'empêcher de battre à la pensée de mettre mes pas dans les siens. Désireux de cueillir sur l'arbre le sublime et le légendaire, il nous faut bien aller le chercher là où ils ont trouvé leur dernier refuge : sur les stades, au pied des clochers. Je ne tarderai pas à m'apercevoir que le bourg respire par Aigue-parse. Pour l'instant, il semble asphyxié sous une torpeur apéritive, tandis que je me dirige vers la maison de Madeleine, criblé par des regards qui ont décelé en moi le Parisien.

Je m'attends à trouver une femme jeune et jolie, un peu noiraude, aux traits durs. Je lui remontrerai qu'elle a épousé un enfant, qui a tout son avenir devant lui, que le passé est une anecdote et que, même si Maxime n'avait pas touché un ballon ovale de sa vie, c'est avec le cœur de sa mère, qui ne l'avait jamais vu sur un terrain, qu'il fallait continuer de l'aimer pour l'être rayonnant qu'on connaissait, étant entendu que c'est parce qu'il était cet homme-là, tous les jours, qu'il se montrait ce joueur-là dans l'après-midi privilégié des matches.

La maison était close, par de lourds volets de bois écaillé sur la devanture, par des stores bariolés à l'étage. En vain, je frappai, je sonnai. Je m'aperçus que la boîte aux lettres débordait.

— Ils sont partis, dit un petit garçon qui rôdait sous le jeune soleil de la place des Sablions. On ne trouve plus d'amorces nulle part. Je veux qu'ils soient rentrés pour les fêtes.

Les fêtes ? On n'avait que ce mot à la bouche, sur le trottoir d'en face, au *Coup Franc* où je m'appesantis devant M. Pierrot Lestrade, le patron.

— C'est très joli les lunes de miel de bohémiens, mais enfin, ça n'a qu'un temps, grommela celui-ci. Maxou, il n'a guère que les six jours du Carnaval pour faire son année. Encore heureux qu'ils ne se soient pas débinés sans prévenir en pleine saison de rugby !

Mais, dans l'assistance, le ton était affectueux. Je m'aperçus que, pour les habitants de Saint-Aureil, Maxime Aigueparse, malgré les vifs coups de sabre qu'il donnait dans la vie, possédait la mémoire du cœur et qu'il faisait bon habiter, être enfoui dans cette mémoire-là. Il paraissait qu'on y faisait l'objet des plus rares attentions. Prodigue à la folie, serviable envers chacun, il n'avait pas son pareil pour rameuter des partenaires en vue d'une réunion de bienfaisance ou pour exercer la charité la plus secrète, avec une prédilection pour les bonshommes pittoresques qu'il décelait avec un goût très sûr et un humour attendri. Les derniers temps, il entretenait un jockey désœuvré, auquel il remettait chaque jour une enveloppe.

— Les affaires vont mal, me dit cet orphelin. Avec l'Espagnole, allez savoir quand ils rentreront, c'est un petit ménage qui trottine bien.

Je renonçai à révéler que les deux éléments du couple ne « trottinaient » pas exactement ensemble et que le véritable disparu des deux n'était pas celui qu'on croyait.

Plus déconcertante était la vision que j'emportais de l'athlète. S'il portait ses bas de laine sur ses talons, signe qui annoncerait chez tout autre l'imminence de la crampe, c'était par un dédain des vains accessoires, qui s'étendait jusqu'aux banquets et aux discours officiels. Il se présentait d'ailleurs le plus souvent dans les vestiaires avec seulement une paire de chaussures et une serviette-éponge, quand il ne les oubliait pas en route.

Retournant à bord de mon bateau, j'y trouvai

un Aigueparse prêt à accueillir les objurgations que j'allais lui faire. Déjà l'arrière-plan pharamineux de Paris s'estompait derrière la découverte qu'il avait faite, sur la rive gauche, d'une boulangerie où l'on travaillait le pain à la main. La vocation qui le poussait, aux petites heures, contre les soupiraux ouverts sur les pétrins, lui rendait ses racines profondes :

— J'ai été mitron dans ma jeunesse. J'en ai gardé le souvenir d'odeurs ineffables. Premier pétrissage à onze heures du soir. A minuit, premier façonnage. A 0 h 30 première fournée pour les collectivités. Vers deux heures, les panetons... Vous viendrez avec moi, vous sentirez la vie.

— La vie ne sent plus rien pour vous, lui dis-je. Madeleine est partie. Pour tout Aureil, vous refaites votre voyage de noces. Et l'on vous attend pour les fêtes du Carnaval, votre affaire en déroute...

— Je n'aurai pas tardé à être un homme, murmura-t-il. Dans combien de temps, le prochain train ?

— Vous ne pouvez pas agir ainsi. Pensez à ce que diront les gens ! Madeleine a bien de la famille. Écrivez-lui.

Je revenais des Folies-Bergères. On voyait de gros lilas miraculeux promis à des danseuses.

Entre le cockpit et le roof, j'aperçois la tache claire d'une enveloppe. Le facteur vient peu jusqu'à moi. Seuls, quelques intimes savent où adresser leurs appels ou leurs murmures. C'est une lettre, la première, de Maxime Aigueparse.

Il me dit la tendresse infinie où il baigne et que l'angélus de Saint-Aureil n'arrête pas de retentir dans son âme. Madeleine n'a jamais déserté la maison. Le jour de sa fuite, devinant au-delà de son inquiétude, elle a accumulé furtivement quelques provisions, puis s'est enfermée, n'ouvrant à personne pour ne pas ternir l'image proposée d'un bonheur arrivé à maturité.

Je rentrais par le car du soir, écrivait Maxime (ou Max), quand le faisceau d'une lampe électrique déchira la nuit. Je découvris Madeleine entre deux châtaigniers. Elle était belle et pâle. Je lui fis signe de monter ; elle m'appela dans la pénombre, je descendis sans explications.

— Comme cela, dit-elle, nous rentrerons à pied.

Il y avait moins d'un kilomètre à parcourir. Un quart d'heure plus tard, dans la foule des masques et pour la joie des enfants, on vit s'avancer à travers le Carnaval un ménage radieux, à visage découvert. Ces tempêtes ne laissent pas de traces.

Demain, si tout se passe bien, j'aurai franchi le cap Horn.

LE PRINTEMPS

DU MÊME AUTEUR

L'EUROPE BUISSONNIÈRE, *roman.* (La Table Ronde.)

LES ENFANTS DU BON DIEU, *roman.* (La Table Ronde.)

L'HUMEUR VAGABONDE, *roman.* (La Table Ronde.)

UN SINGE EN HIVER, *roman.* (La Table Ronde.)

MONSIEUR JADIS, *roman.* (La Table Ronde.)

QUAT' SAISONS, *nouvelles.* (La Table Ronde.)

CERTIFICATS D'ÉTUDES. (La Table Ronde.)

SUR LE TOUR DE FRANCE. (Éditions Mazarine.)

MA VIE ENTRE LES LIGNES. (La Table Ronde.)

En collaboration avec Paul Guimard

UN GARÇON D'HONNEUR, *5 actes.* (La Table Ronde.)

DÉTROMPEZ-VOUS, *essai sur l'adultère.* (Denoël.)

Ouvrages collectifs

PARIS QUE J'AIME, *album.* (Éditions Sun.)

LA FRANCE QUE J'AIME, *album.* (Éditions Sun.)

VIVRE À PARIS, *album.* (Éditions Sun.)

LES JOIES DE LA BICYCLETTE. (Hachette.)

BAUDELAIRE. (Hachette.)

RIMBAUD. (Hachette.)

COLLECTION FOLIO

Dernières parutions

2275. Sempé — *Vaguement compétitif.*
2276. Thomas Bernhard — *Maîtres anciens.*
2277. Patrick Chamoiseau — *Solibo Magnifique.*
2278. Guy de Maupassant — *Toine.*
2279. Philippe Sollers — *Le lys d'or.*
2280. Jean Diwo — *Le génie de la Bastille (Les Dames du Faubourg, III).*
2281. Ray Bradbury — *La solitude est un cercueil de verre.*
2282. Remo Forlani — *Gouttière.*
2283. Jean-Noël Schifano — *Les rendez-vous de Fausta.*
2284. Tommaso Landolfi — *La bière du pecheur.*
2285. Gogol — *Taras Boulba.*
2286. Roger Grenier — *Albert Camus soleil et ombre.*
2287. Myriam Anissimov — *La soie et les cendres.*
2288. François Weyergans — *Je suis écrivain.*
2289. Raymond Chandler — *Charades pour écroulés.*
2290. Michel Tournier — *Le médianoche amoureux.*
2291. C.G. Jung — *“ Ma vie ” (Souvenirs, rêves et pensées).*
2292. Anne Wiazemsky — *Mon beau navire.*
2293. Philip Roth — *La contrevie.*
2294. Rilke — *Les Carnets de Malte Laurids Brigge.*
2295. Vladimir Nabokov — *La méprise.*
2296. Vladimir Nabokov — *Autres rivages.*
2297. Bertrand Poirot-Delpech — *Le golfe de Gascogne.*
2298. Cami — *Drames de la vie courante.*
2299. Georges Darien — *Gottlieb Krumm (Made in England).*
2300. William Faulkner — *Treize histoires.*
2301. Pascal Quignard — *Les escaliers de Chambord.*
2302. Nathalie Sarraute — *Tu ne t'aimes pas.*
2303. Pietro Citati — *Kafka.*
2304. Jean d'Ormesson — *Garçon de quoi écrire.*
2305. Michel Déon — *Louis XIV par lui-même.*
2306. James Hadley Chase — *Le fin mot de l'histoire.*

2307.	Zoé Oldenbourg	*Le procès du rêve.*
2308.	Plaute	*Théâtre complet, I.*
2309.	Plaute	*Théâtre complet, II.*
2310.	Mehdi Charef	*Le harki de Meriem.*
2311.	Naguib Mahfouz	*Dérives sur le Nil.*
2312.	Nijinsky	*Journal.*
2313.	Jorge Amado	*Les terres du bout du monde.*
2314.	Jorge Amado	*Suor.*
2315.	Hector Bianciotti	*Seules les larmes seront comptées.*
2316.	Sylvie Germain	*Jours de colère.*
2317.	Pierre Magnan	*L'amant du poivre d'âne.*
2318.	Jim Thompson	*Un chouette petit lot.*
2319.	Pierre Bourgeade	*L'empire des livres.*
2320.	Émile Zola	*La Faute de l'abbé Mouret.*
2321.	Serge Gainsbourg	*Mon propre rôle, 1.*
2322.	Serge Gainsbourg	*Mon propre rôle, 2.*
2323.	Thomas Bernhard	*Le neveu de Wittgenstein.*
2324.	Daniel Boulanger	*Mes coquins.*
2325.	Albert Camus	*La mort heureuse.*
2326.	Didier Daeninckx	*Le facteur fatal.*
2327.	Jean Delay	*Avant Mémoire I.*
2328.	Romain Gary	*Adieu Gary Cooper.*
2329.	Alfred de Vigny	*Servitude et grandeur militaires.*
2330.	Patrick Modiano	*Voyage de noces.*
2331.	Pierre Moinot	*Armes et bagages.*
2332.	J.-B. Pontalis	*Loin.*
2333.	John Steinbeck	*La coupe d'or.*
2334.	Gisèle Halimi	*La cause des femmes.*
2335.	Khalil Gibran	*Le Prophète.*
2336.	Boileau-Narcejac	*Le bonsaï.*
2337.	Frédéric H. Fajardie	*Un homme en harmonie.*
2338.	Michel Mohrt	*Le télésiège.*
2339.	Vladimir Nabokov	*Pnine.*
2340.	Vladimir Nabokov	*Le don.*
2341.	Carlos Onetti	*Les bas-fonds du rêve.*

2342.	Daniel Pennac	*La petite marchande de prose.*
2343.	Guy Rachet	*Le soleil de la Perse.*
2344.	George Steiner	*Anno Domini.*
2345.	Mario Vargas Llosa	*L'homme qui parle.*
2347.	Voltaire	*Zadig et autres contes.*
2348.	Régis Debray	*Les masques.*
2349.	Diane Johnson	*Dashiell Hammett : une vie.*
2350.	Yachar Kemal	*Tourterelle, ma tourterelle.*
2351.	Julia Kristeva	*Les Samouraïs.*
2352.	Pierre Magnan	*Le mystère de Séraphin Monge.*
2353.	Mouloud Mammeri	*La colline oubliée.*
2354.	Francis Ryck	*Mourir avec moi.*
2355.	John Saul	*L'ennemi du bien.*
2356.	Jean-Loup Trassard	*Campagnes de Russie.*
2357.	Francis Walder	*Saint-Germain ou la négociation.*
2358.	Voltaire	*Candide et autres contes.*
2359.	Robert Mallet	*Région inhabitée.*
2360.	Oscar Wilde	*Le Portrait de Dorian Gray.*
2361.	René Frégni	*Les chemins noirs.*
2362.	Patrick Besson	*Les petits maux d'amour.*
2363.	Henri Bosco	*Antonin.*
2364.	Paule Constant	*White spirit.*
2365.	Pierre Gamarra	*Cantilène occitane.*
2366.	Hervé Guibert	*À l'ami qui ne m'a pas sauvé la vie.*
2367.	Tony Hillerman	*Le peuple de l'ombre.*
2368.	Yukio Mishima	*Le temple de l'aube.*
2369.	François Salvaing	*De purs désastres.*
2370.	Sempé	*Par avion.*
2371.	Jim Thompson	*Éliminatoires.*
2372.	John Updike	*Rabbit rattrapé.*
2373.	Michel Déon	*Un souvenir.*
2374.	Jean Diwo	*Les violons du roi.*
2375.	David Goodis	*Tirez sur le pianiste !*
2376.	Alexandre Jardin	*Fanfan.*

2377.	Joseph Kessel	*Les captifs.*
2378.	Gabriel Matzneff	*Mes amours décomposés (Journal 1983-1984).*
2379.	Pa Kin	*La pagode de la longévité.*
2380.	Robert Walser	*Les enfants Tanner.*
2381.	Maurice Zolotow	*Marilyn Monroe.*
2382.	Adolfo Bioy Casares	*Dormir au soleil.*
2383.	Jeanne Bourin	*Les Pérégrines.*
2384.	Jean-Denis Bredin	*Un enfant sage.*
2385.	Jerome Charyn	*Kermesse à Manhattan.*
2386.	Jean-François Deniau	*La mer est ronde.*
2387.	Ernest Hemingway	*L'été dangereux (Chroniques).*
2388.	Claude Roy	*La fleur du temps (1983-1987).*
2389.	Philippe Labro	*Le petit garçon.*
2390.	Iris Murdoch	*La mer, la mer.*
2391.	Jacques Brenner	*Daniel ou la double rupture.*
2392.	T.E. Lawrence	*Les sept piliers de la sagesse.*
2393.	Pierre Loti	*Le Roman d'un spahi.*
2394.	Pierre Louÿs	*Aphrodite.*

Impression Bussière à Saint-Amand (Cher),
le 12 août 1992.
Dépôt légal : août 1992.
1er dépôt légal dans la collection : août 1977.
Numéro d'imprimeur : 2140.
ISBN 2-07-036973-0./Imprimé en France.

57230